吸血鬼と死の天使

赤川次郎

集英社文庫

イラストレーション／ホラグチカヨ
目次デザイン／川谷デザイン

吸血鬼と死の天使

CONTENTS

吸血鬼と死の天使

吸血鬼と死の天使

救った男

大沢直子《おおさわなおこ》は、坂道を急ぎ足で歩いていた。

北風の吹く、冷たい午後で、まだやっと三時だというのに、夜になりかけているような「暗さ」が漂《ただよ》っている。

大沢直子が急いでいたのは、北風に追われているせいでもあったし、坂が下りで、足取りに弾《はず》みがついているせいでもあったが、しかし、それだけではなかった。

だいぶ前から、後をついてくる、二、三人の足音を耳にしていたからである。

「お願い、やめて」

と、大沢直子は口の中で、呪文《じゅもん》を唱《とな》えるように呟《つぶや》いた。

「やめて。やめて。お願いよ……」

タタタッと足音が近づいてきて、直子を追い越すと、

「おい、待てよ」

三人の男が、行く手をふさいだ。直子は、足を止めるしかなかった。

「通して」

と、直子は言った。

「逃げるなよ。――何も、無理なことを言ってんじゃないぜ」

と、真ん中の男が言った。

男、というより、男の子だ。まだやっと十八。もちろん直子も同じ年齢で、大学一年生だが、ずっと大人びて見える。

「ただ付き合ってくれ、っていうのが、どうしていけないんだよ」

と、その男の子が言った。

「伊東君《いとう》」

と、直子は、マフラーをしっかり巻き直して、

「言ったじゃないの。私、誰ともお付き合いする気がないって」

「そんなの、理由にならないよ。君は十八だぜ！　僕らと同じ十八歳。大学の一年生だ！　青春を楽しんで、何が悪いっていうんだよ」

「悪いなんて、言ってないわ」

と、直子は言い返した。

「伊東君は伊東君で、大いに楽しめばいいじゃないの。ただ、私はいやなの」

「僕がそんなに嫌い？」

「あなたのことを言ってるんじゃないってば！　私は誰とも付き合いたくないの」

直子は頑《かたく》なに首を振った。

「もうよせよ、伊東」

と、両側に立った伊東の友だちのひとりが、伊東の肩を叩いて、

「こいつ、きっと男なんだよ、女に見えるけど」

「そうさ」

と、もうひとりも肯《うなず》いて、

「それでなきゃ、女同士が趣味なのか、どっちかさ」

「好きに考えてちょうだい」

と、直子は言った。

「帰りを急ぐの。——通してよ」

伊東は、少しためらってから、肩をすくめて、わきへどいた。

直子は、歩きだして、三人の間を通り抜けようとした。——突然、伊東が、後ろから直子を抱きしめた。

「何するのよ！」

直子が身をよじった。しかし、他のふたりが、パッと直子の足をかかえて、持ち上げる。

初めから打ち合わせてあったのに違いない。

「そっちへかつぎ込め！」

まだ、開発中の住宅地で、空《あ》き地《ち》や雑木林《ぞうきばやし》が残っている。

「やめて！　——誰か来て！」

直子の叫ぶ声は、強い風に吹き散らされていった。

三人は、直子を雑木林の奥へと運んでいった。直子も必死でもがくが、相手は三人だ。

「おとなしくしろよ！」

と、伊東が怒鳴《どな》った。

「何するの！」

「君を女にしてやるのさ。男ってのがいいもんだって教えてやる」

「いやよ、そんなこと！　——お願いだからやめて！　あなたたちのためよ！」

投げ出され、押さえつけられながら、直子はそう叫んだ。

「おい、しっかり押さえてろ」

と、伊東が言った。

ふたりが直子の手足をしっかりと押さえ込む。いくらもがいても、どうにもならなかった。

「もう諦《あきら》めろよ」

伊東が、手をのばして、直子のマフラーを外した。

「だめよ……。あなたが死ぬことになるわ。やめて！」

と、直子は必死に訴えかけるように言った。

「僕が死ぬ？　どうして？」

「本当よ！　信じて。こんなことやめて！」

伊東は笑って、

「君と死ねるなら本望《ほんもう》さ」

「君を死ぬほどいい気持ちにさせてやる」

と、セーターを脱《ぬ》がそうとした。

「やめろ」

と、声がした。

いつの間にそこへ来たのか、スラリと背の高い、ツイードの上衣《うわぎ》にマフラーをした若者が立っていた。

「何だよ」

と、伊東が舌打ちして、

「黙って向こうへ行きな」

「N大生だろ。情けない奴《やつ》らだな」

と、その若者は首を振った。

「力ずくでないと、女の子にキスもできないのか?」

「何だよ、おい」

伊東はその若者の前に立って、

「おまえもN大生か?」

「四年の折田武生《おりたたけお》だ。君は伊東っていうのか」

「大学の生活指導へでもご注進《ちゆうしん》かい? やってみな。後で痛い目にあうぜ」

「そんな必要もないな」

と、折田と名乗った若者は、笑って言った。

「じゃ、どうする?」

伊東が折田の胸ぐらをつかむ。——何だか分からなかった。ともかく、アッという間に伊東は逆に腕をねじあげられて、声もあげられずに青くなっていたのだ。

「腕を折るか? 少しは反省するだろう」

と、折田は言った。

「よせ! ——おい、手伝え!」

ポカンとしていたふたりが、直子を放して、折田へと飛びかかっていく。

直子は、起き上がると、マフラーをつかんで逃げ出そうとした。

でも――助けようとして、あの人はひどい目に……。

ひどい目にあっているのは、伊東たちのほうだった。

三人とも、腹や顎《あご》を押さえて、引っくり返っている。直子は呆気《あっけ》に取られて、その光景を眺めていた。

「――大丈夫かい？」

と、折田は、直子に声をかけた。

「ええ……。ありがとうございました」

「いや、先輩として、少しはお灸《きゅう》をすえてやらないとね」

折田は、ほうほうの体《てい》で逃げていく伊東たちを見送って、

「情けない連中だなあ」

と、笑った。

「折田……さん、でした？」

「うん。君は一年生？」

「そうです。――私、大沢直子です」

と、直子は改めて頭を下げた。

「この間、見かけたよ、学食で。――さ、行こう。送ってあげる」

「すみません」

道へ戻って、直子は折田と並んで歩きだした。

「まあ、あんなのもいるけど、他の学生は、もっとまともだよ」

と、折田は言った。

「分かってます」

と、直子は肯いた。

「君——学食で見た時も、ひとりだったね。友だちは？」

と、折田が訊《き》く。

「いません」

「いない？　できないの？」

「いいえ。親切に声をかけてくれる子もいるんですけど、私のほうで……」

「へえ。どうして？　人嫌いなのかい」

「ちょっと——わけがあるんです」

と、直子が顔を伏せた。

「いや、いいんだ。ごめんよ。言いたくなきゃ、言わなくてもいい」

「すみません」

その後は、ふたりともほとんどしゃべらなかった。

駅の前まで来ると、

「私、ここからバスで帰るんです」

と、直子は言った。

「お手数かけて」

「いや、構わないよ。ただ……」

と、折田は少し照れたように目をそらして言った。

「大学で今度会ったら、お茶ぐらい飲みたいな。それぐらいは、『お付き合い』のうちに入らないだろ？」

直子の頬《ほお》がポッと染まった。それでも少し迷ってから、

「それぐらいなら……」

と、呟くように言った。

「約束だよ。――じゃ、ここで」

「さよなら」

直子は、足早に立ち去る折田を見送っていた。胸が高鳴る。

いいんだろうか？

きっと――きっと、あの人は明日、大学で私を探すだろう。

直子は予感に身震いした。恋の予感に。

いけない。決心したんじゃなかったの。大学でも、誰とも親しくなるまい、って。

それなのに……。
でも――でも、もう手遅れだ！
分かっていた。直子は、折田を恋することになるだろう。
その先は？　考えたくなかった。
直子は、この瞬間を、逃がさないように、固く抱きしめていたかった……。

突然の死

「キャッ！」

と、思わず叫んで、エリカは、セルフサービスのランチをのせた盆《ぼん》を落っことした。

器《うつわ》はプラスチックなので割れないが、当然中身は床にぶちまけられてしまった。

「エリカ！　どうしたの？」

びっくりして駆けてきたのが、同じ二年生の大月千代子《おおつきちよこ》。――もちろん、いつもの「三人組」のもうひとり、橋口《はしぐち》みどりもいたのだが、ちょうどグレープフルーツを食べかけていて、すぐには椅子《いす》から立ち上がれなかったのである。

「エリカ……。気分でも悪いの？」

と、千代子が訊《き》いた。

「大丈夫……。ごめんね。びっくりさせて」

「いいから、座ってなよ。ここ、片づけとくから」

「だけど――」

「いいわよ。ね、熱いお茶でも飲んで」

「ごめんね」

エリカは素直に、みどりのいるテーブルへと歩いていった。

「どうしたの？　貧血？」

と、みどりが、やっぱり友人として何かしなくちゃ、と思ったのか、椅子を引いてやりながら、言った。

「そうじゃないの。ちょっと、ね。めまいがして」

「へえ、エリカでも？」

病人に対して言うことではないが、まあこの三人組は何を言っても大丈夫という仲である。

貧血か、と訊かれると、エリカは返事に困ってしまう。何しろ吸血鬼と人間のハーフなのだから。

神代《かみしろ》エリカ。――N大学の二年生。

学食は、お昼休みで、もちろん混雑していた。その中で、エリカは……。

ゆっくりと、エリカは学食の中を見回した。

あれは何だったんだろう？　さっき感じた強烈な力は。

それは、まるで石のようにエリカに突き当たった。

正統な吸血族の子孫、フォン・クロロックを父に持つエリカは、やはり人間離れした能力を身につけている。

おそらく、あの奇妙な「力」も、普通の人なら何も感じないのだろう。

ただ、エリカが気になっていたのは――あの力には、「悪意」とか「憎しみ」といったものがこめられていたように感じられたからなのである。

エリカは学食の中を見回した。――しかし、あまりに大勢の学生がいる。その中の誰が、あの力を発したのか、今となってはとても分からなかった。

「――はい、エリカ」

と、千代子が、エリカの頼んだのと同じものを、盆にのせて、運んできてくれた。

「千代子、悪いわね」

「いいわよ。お代《だい》は後で、手数料はお安くしとくわ」

と、千代子は言って笑った。

「でも、やっぱり少し顔が青いよ、エリカ。少し休んだほうがいいんじゃない?」

「昼休みが終わる頃には、良くなってると思うわ」

と、エリカは言って、コーヒーを飲んだ。

こんな所のコーヒーにしては、なかなか飲める味なのである。

エリカは、あれが自分の勘違いであってくれたら、と思ったが、しかし、あれほどはっきりとした力の波を感じることはめったにない。まず間違いはなかった。

「ね、エリカ」

と、みどりが言った。

「夏休みはどうするの？」

「うん……。休む」

と、エリカはいたって当たり前の返事をした。

「休んでどこか行くの？　エリカのお父さんは社長さんだしさ、地中海《ちちゅうかい》に別荘とかないの？」

「社長ったって、雇《やと》われ社長よ。そんなもんあるわけないでしょ」

と、エリカは苦笑いして、

「箱根《はこね》と、熱海《あたみ》に会社の保養所があるわ。一泊二千円」

「地中海の別荘とはだいぶ遠いわね」

「エリカ、一家で行くの、保養所に？」

と、千代子が訊く。

「まだ分かんないけど……。何しろ、うちじゃ今、私が何となく邪魔者《じやまもの》なのよねえ」

と、エリカはため息をついた（そうしながらも、しっかり食べてはいたが）。

エリカの母はもう亡くなって、父がもらった後妻の涼子《りようこ》は、エリカよりひとつ年下！

ふたりの間に生まれた虎ノ介《とらのすけ》はまだ赤ん坊である。

今や、家では、クロロック、涼子、虎ノ介の「三人家族」、プラス、エリカ、という感じなのだ。といって、別にエリカが居辛《いづら》い思いをさせられているとか、継母《ままはは》にいびられているとかいうわけではない。

いたって仲良くやってはいるのだが、やはりエリカひとり、どうしても浮き上がった存在になってしまう。

ま、いいけどね、とエリカは自分に言い聞かせる。何てったって、両親が仲良くやるのが一番で、エリカのほうは、誰か恋人でも見つけりゃいいのだ。

でもねえ……。やはり、吸血鬼の血が入っていることを考えると、エリカとしては、恋人選びもつい慎重《しんちょう》にならざるを得ないのだったが……。

「折田《おりた》さん、どうしたの？」

という声が後ろで聞こえた。

エリカが振り向くと、スラリと背の高い男の子が、ちょっとよろけながら立ち上がるところだった。

「あの人、四年生でしょ」

と、千代子が言った。

「有名なプレイボーイ」

と、みどりが注釈《ちゅうしゃく》を加える。

なるほど、なかなかハンサムな、もてるタイプである。しかし、気分が悪いのか、真っ青な顔をして、

「胸が……苦しい」

と、冷や汗を流している。

「だいぶひどいみたい」

と、エリカは言って、立ち上がった。

「医務室へ連れてったほうが――」

突然、折田が、胸を押さえて、喘《あえ》いだ。目を見開いて、口を大きくあけ、激しく二度息を吸い込むと――バタッとその場に倒れてしまった。

誰も、しばらくは動かなかった。あまりに突然だったからだ。連れの女の子も、口に手を当てて、突っ立っているばかり。

エリカが真っ先に駆け寄って、女の子のほうへ、

「早く、救急車！」

と、叫んだ。

「ぼんやりしてないで！　一一九番よ！　千代子、救急車を呼んで！」

「分かった」

千代子が、学食のレジのほうへ駆けていく。

折田の連れの女の子は、ポカンとしているだけだ。

心臓の発作《ほっさ》？――でも、この若さで。

エリカは、折田を仰向《あおむ》けにして、息をのんだ。一目で分かったのだ。もう死んでいる。念のため、心臓に耳を押し当ててみたが、まったく命のあるしるしは感じられなかった。

千代子が戻ってきた。

「今すぐ来るって」

「――手遅れよ」

と、エリカは立ち上がった。

「え？」

「亡くなってる」

えーっ、という声が、周囲に起こったが、それきり、学食の中は静まり返ってしまった。

「うそ……」

と、連れの女の子は言ったきり、椅子に座り込んで、呆然《ぼうぜん》としている。

「どうする？」

と、千代子が、首を振って、言った。

「このままにしておいたほうが。死因とか、調べるだろうし」

エリカは落ちついていた。こういうことにはだいぶ慣れている。

その時、エリカはふと、学食を足早に出ていく女の子の姿を、チラッと目に止めた。

誰もが、目の前の出来事に呆然として、互いにひそひそ話したりしていたのだが、その女の子は、何だか逃げるように出ていったのである。

誰だろう、あれは？

もちろん、何の関係もないのかもしれない。ただ、急ぎの用事を思い出しただけなのか、それとも、死んだ人間を見て気分でも悪くなったのか。

それでも、エリカは気になった。

「ちょっと、ここにいて」

と、千代子に言って、急いで学食を出る。

食券を買う機械が並んだホールを抜けて、表に出てみたが……。

そろそろ夏が近いとはいえ、梅雨《つゆ》の明け切らない、重苦しい灰色の日。大学のキャンパス内は、大勢の学生が行き来している。

さっき出ていった女の子の姿は、もうその中に紛《まぎ》れて、とても見つけ出すことはできなかった……。

「それは妙な話だの」

とクロロックは言った。

マンションの居間。ソファに、例のガウン姿でゆったりと寛《くつろ》いでいるフォン・クロロックは、虎ちゃんをあやすでもなく、涼子に言われてお皿を拭《ふ》くでもなく、割合と(?)一般的な吸血鬼のイメージに近い、風格を感じさせた。

「ね?——気になってるんだ」

と、エリカは言った。

「おまえが肘鉄《ひじてつ》でも食わせた相手なのか?」

「よしてよ。話はいろいろ聞いたわ。見たところ、真面目《まじめ》そうで、優しいけど、裏じゃ結構悪かったらしいの。特に女の子はずいぶんあの折田って人に泣かされたらしいわ」

「けしからん奴《やつ》だな」

と、クロロックは顔をしかめて、

「そりゃ、罰《ばち》が当たったのだ」

「もう少し、科学的というか、学問的な言い方ってないの?」

「医学的にはどうなんだ?」

「うん。警察のほうでもね、あんまり突然なんで、毒物とか、調べるらしいわ。でも、見たところ、そんなふうじゃなかったし、匂《にお》いもなかった」

吸血族の鼻は鋭い。人間の気づかない匂いでも、敏感に捉《とら》えるのである。

「心臓が悪かったのか」

「私が話を聞いた限りじゃ、そんなこと、誰も言ってなかった。あんまり健康的な生活はしていなかったかもしれないけど、でもまだ二十二歳をやっと過ぎたばかりよ」

「うむ……。で、おまえの気にしているのは――」

「あの直前に、妙な力を感じたことよ。あれは『憎しみ』とか、『殺意』に近い、激しい感情の波だった」

「それと、折田という男の死と、関係があるかもしれん、というわけか」

「そんなことってあり得る？」

クロロックは口ひげをなでて、

「ないとは言えん。我々に人を多少は動かす力があるように、人を死へ追いやる力のある人間というものも、歴史の中には存在した」

「じゃ、大学に、そんな能力を持った子が？」

「いないとは限らんな。しかし、外見では分かるまい。札《ふだ》を下げて歩いとるわけではないからな」

「お父さんでも分からない？　もしそういう子がいたとして」

「どうかな……。普段でも、そういう人間はいくらか放射線のように、その力をかすかに外へ出していることが多いものだが、それを感じ取るのは、まあ、おまえでは無理だろうな」

「お父さんなら?」

「さて……。ま、可能性はいくらかある。しかし──」

と、クロロックはためらった。

「どうしたの?」

「もし、それが大学生の女の子だったとしても、だ。よほど接近して、じっくり会ってみんと分からんかもしれん。その場合、まったく別の問題が──」

「あなた!」

と、涼子の声が飛んできた。

「虎ちゃんが出るわよ!」

「はいはい!」

クロロックは、ソファから飛び上がって、居間から駆け出していった。そして、少しすると、タタタッと、もう元気よく駆け回るようになった虎ちゃんが、お風呂上がりの丸裸で、居間へ飛び込んできたのである。

「こら待て! 風邪《かぜ》をひくぞ!」

バスタオルを手に、クロロックが虎ちゃんを追い回す。

「おい、逃げるな！　風邪をひかせると、私が母さんに叱《しか》られるんだぞ！　頼むから、待ってくれ！」

ま、確かに、クロロックを若い女子大生と会わせるのには、問題があるかもしれないや、とエリカは思ったのだった。

暗い少女

「エリカ」

と、みどりがやってくる。

「遅いじゃないの」

と、エリカは顔をしかめてみせた。

「ごめん。勉強のこととなると、つい積極的に忘れちゃうの」

「変なの」

エリカは笑ってしまった。

「じゃ、行こう」

ふたりは、大学の図書館に向かって、歩いていった。

「暑いね、今日は」

と、みどりが、息をついて、

「フラッペ食べたい！」

何でも食べるものに結びつくところが、みどりならではである。

「ね、エリカ、折田《おりた》さんって、この間、学食で突然死んじゃった人のこと、何か分かったの？」

「警察で調べても、別に、毒とかは出なかったって。心臓が弱ってたんだろうってことだわ」

エリカ自身、納得しているわけではない。しかし、どうしようもなかった。

折田のことを、「死んでほしい」と思うほど恨《うら》んでいた女の子がいたか、何人かの友だちに訊《き》いてみたが、

「何しろたくさんいたもの、ガールフレンド」

「いくらでもいるんじゃない？　ものにしといて、アッサリさよなら、って奴《やつ》だったみたいだから」

といった具合で、「容疑者」が多すぎる感じなのだ。

あれがある意味で「殺人」だったとしても、法律では罰せられないし、それもエリカの想像にすぎない。エリカとしても、これ以上は深入りできなかった。

しかし、折田というのは本当にひどい男だったようで、大学の中でも、同情の声はほとんど聞かれなかった。

「――さて、勉強、勉強」

エリカとみどりは、図書館に入ると、西洋史のレポートのための資料を探し始めた。

もちろん、お目当ての本はだいたい決まっているので、そのあたりの棚《たな》へとやってきたのだが……。

「——何よ、これ」

と、みどりが目をパチクリさせた。

ちょうどエリカたちの使いたいあたりの本が、ごっそりと棚からなくなっているのである。

「誰か、先客がいたみたいね」

と、エリカは言って、

「探しましょ。すぐ分かるわよ」

と、みどりを促して、閲覧室《えつらんしつ》のほうへと歩いていった。

「あら、千代子《ちよこ》」

と、みどりが、千代子とバッタリ会って、

「千代子なの？　あの本、ごっそり持ってったのは」

「私じゃないわよ」

と、千代子は笑って、

「私も、その子から、見せてもらってるとこよ。エリカたちはその次ね」

「何だ、順番待ちか」

エリカは閲覧室を覗《のぞ》いて、

「誰なの、見てるのは？」

「大沢さん」

「大沢《おおさわ》？」

「エリカたち、判《わか》らないかもね。私、同じゼミになったことあるから、知ってるの」

「どの子？」

と、エリカは訊いた。

「あの奥の机に、本がごっそり積んであるでしょ。あのかげにいるわ」

と、千代子が指さす。

「勉強家？」

「というか、変わってるの」

「変わってる？　どんなふうに」

「ぜんぜん、人と付き合わない子なの」

と、千代子が少し声を低くして言った。

「人嫌い？」

「それも徹底してる。お昼だってね、ほとんど学食とか来ないもんね。だから、エリカ、あんまり見ないのよ。いつも大学の外で何か買って、空いてる教室で、ひとりで食べてるのよ」

「へえ、だけど……友だちのひとりやふたりはいるんでしょ」

「それがゼロ。まったくのゼロ」

と、千代子は首を振る。

そりゃ珍しい。みどりが、ちょっと首を伸ばして、

「よっぽど人柄《ひとがら》が悪いの？」

と、訊いた。

「自分で会ってみれば？」

エリカは、

「大沢さんっていったわね。名前は？」

「ええと……」

千代子が少し考えて、

「直子《なおこ》。——そう大沢直子だ」

エリカは肯《うなず》くと、一心に机に向かってペンを走らせている女の子のほうへと歩いていった。

カリカリとペンが紙をこする音の他は、ただ当人のかすかな息づかいが聞こえるばか

り。

エリカは、大沢直子がペンを置いて、資料の本をめくり始めるまで、待った。

「直子さん」

エリカが声をかけると、大沢直子は手を止めて、エリカのほうを見上げた。

意外に――というのも妙かもしれないが――可愛《かわい》い顔立ちの娘である。まあ、私よりは少し落ちるけど（とエリカは思った）。

見たところ、そんなに陰気《いんき》くさい印象ではない。

「私、神代《かみしろ》エリカ。あなたと同じレポートの準備に来たのよ」

「ああ」

大沢直子は、別にいやそうな表情も見せずに肯いて、

「ごめんなさい、独占しちゃって。あと少しで終わるから。ええと――大月《おおつき》さんも待ってるの」

「知ってるわ。私と千代子と、それとあそこにいるもうひとりが、橋口《はしぐち》みどり。三人組でね、仲良しなの」

「聞いたことあるわ」

と、直子は、少し椅子《いす》をずらして、エリカのほうを向くと、

「凄《すご》くユニークな人ばっかり集まってて、大学の名物なんですってね」

みどりがそれを耳にして、

「美人ばっかし集まってて、と言ってほしいわね」

と、呟《つぶや》いた……。

「まあ、他に言いようがないかもしれないわね」

と、エリカは笑って、

「あなた、同じ学年なのに、ほとんど知らなかった。ね、私たちの仲間に入らない？気のおけない連中ばっかりよ」

エリカの言葉は、少しも押しつけがましくなく、さっぱりとしてて、大沢直子も、ニッコリと微笑《ほほえ》んだ。

「ありがとう。嬉《うれ》しいわ、そんなことあんまり言われたことないし」

「そう？　みんな忙しくて、おとなしい人は損しちゃうのよね。大学生活、少しは楽しまなくちゃ」

「分かるわ。——でも、ごめんなさい。私、誰ともお付き合いしないと決めてるの。本当にごめんなさい」

大沢直子が、少し目を伏せる。

「——そう。無理にとは言わないわ」

と、エリカは肯いた。

「気を悪くしないでね。あの——」

「いいの」

その瞬間、直子はハッとしたようだった。

エリカは、直子の腕に手をかけた。

エリカと直子の視線は、しばし、しっかりとつながっていた。

「今度の土曜日にね」

と、エリカは、メモ用紙をちぎって、ボールペンでサラサラと書き、

「ここで、父の会社も参加するパーティがあるの。もちろん私も行くけど、もし良かったら、あなたもどう？」

「パーティに？」

「そう。大勢来てるから、ひとりでいたって平気だし、たまにはおしゃれして、そんな所へ出るのも、気晴らしになるんじゃない？　見かけても、私は声をかけないわ。約束するから」

直子は、そのメモを受け取って、じっと見つめていた。

「——もちろん、来る来ないはあなたの自由よ。別に、来なくても、こっちは少しも迷惑しないし。邪魔《じゃま》してごめんね、勉強のほう」

エリカは、直子の肩に軽く手をかけ、

「三十分したら、また来るわ。それじゃ」

と言って、机のそばを離れた。

「——みどり、私たちは千代子の次だよ。後で来ましょ」

「うん……」

みどりが何やら不機嫌な顔をしている。

「どうしたの?」

「パーティに、私は招《よ》んでくれないの?」

「もちろん招ぶわよ。これから言おうと思ってたんじゃないの」

「そう!?」

みどりは打って変わってニコニコしながら、

「エリカって大好きよ!」

——たまにゃ疲れるんだよね、この三人組も、とエリカは、ひそかに思ったのだった……。

しかし——あれは本当に、折田が死んだ時、学食を急いで出ていった女の子だろうか?

チラッと後ろ姿を見ただけなので、エリカにも確信はなかった。

ただ、感じは似ている。——もしかしたら、とエリカは思ったのだ。

しかし、妙なことだ。話してみても、大沢直子には少しも異常なところは感じられなかった。人柄も良さそうだし、あの笑顔はむしろ人なつっこくさえある。

それなのに、「誰とも付き合わない」というのは、なぜなのだろう？

パーティへの招きに、大沢直子も少しは心を動かしたようだった。エリカの渡したメモを、捨てずに持っていたことで分かる。

もし、パーティに来たら、その時、父に会ってもらおう、とエリカは思ったのだった。

もうひとつ、気になったのは、エリカが腕に手をかけた時、大沢直子がハッとしたことである。エリカも、あの時、何かを感じた。

肌から肌へ、電流にも似たものが流れていくのを、エリカは感じ取ったのである。そして、大沢直子もまた、同じことを感じたらしい。

大沢直子が、普通の人間以上の感覚を身につけていることがそれで分かる。――そのことが果たして、折田の死と係《かか》わっているのかどうか、そこまでは判断できなかったにしても……。

「ね、エリカ……」

と、みどりが言った。

「何？」

「パーティって、どんな格好で行けばいいの？」

「そうねえ」

エリカはちょっと考えて、

「お腹《なか》のところが、できるだけゆるくできてる服がいいんじゃないの?」

と言ったのだった。

パーティ

「佐賀《さが》さん！　こりゃ、お珍しい」

今夜のパーティで、もう何度このセリフを聞かされたことだろうか。

この後には、決まって――。

「どういう風の吹き回しですか」

ほら見ろ。何か他に言いようはないのか、まったく！

「いや、たまには世間に顔も出しませんとね」

と、佐賀は可能な限りの愛想《あいそ》のいい笑顔を作って答える。

「自分が年齢《とし》を取ったことも忘れてしまいそうですから」

「何をおっしゃる！　まだまだお若いじゃありませんか」

脂《あぶら》ぎった、五十代の社長。――その典型的なタイプが、パーティ会場の中に大勢揃《そろ》っていた。

「ちょっと、失礼します」

いささか唐突《とうとつ》に相手の話を遮《さえぎ》って、佐賀正平《しょうへい》は、人波の間を縫《ぬ》っていった。

失礼は承知の上だ。——この数年間、パーティなどに一切《いっさい》出ていなかっただけに、疲労は予想以上に重くのしかかっていた。

まだ四十八歳というのに……。これじゃ困ったもんだ。

原田《はらだ》の奴《やつ》、どこにいるんだ？——佐賀は少し苛々《いらいら》しながら、秘書の姿を捜した。

いたいた。テーブルにべったりくっついて。

何だか、普段ろくなものを食ってないようじゃないか。ちゃんと給料はやってるぞ！

佐賀は、原田を呼んで、もう帰ろうと思っていた。原田は何だか妙な格好の男と話している。

何だ、あれは？——外国人だ。

もちろん、こういうパーティに外国人がいてもおかしくはないが、その男は、妙なものを着ていた。

そう、よく吸血鬼ドラキュラの映画に出てくるような、黒いマント。着なれているのか、なかなか似合っているのは確かだが。

「おい、原田」

と、佐賀は声をかけた。

「あ、社長！」

アルコールも入って、いささか赤い顔をした秘書は、しっかり料理を取った皿を手にして、

「よかった、捜してたんです」

「食べながらか？」

と、佐賀は苦笑した。

しかし、そんなことでめげる世代ではない。原田旭夫《あきお》は二十六歳という若さである。

確かに、佐賀のような年代の人間からみると、呆気《あっけ》に取られてしまうようなところもないではないが、若い奴はこんなもの、と割り切ってしまえば、よく働く、いい秘書ではあるだろう。

「こちら、クロロック商会のフォン・クロロック社長です」

と、原田が紹介した。

クロロック商会？　あんまり聞かない名だな、とは思ったが、そこは佐賀もビジネスマンである。

「K産業の佐賀と申します。お噂《うわさ》はかねがね――」

と、握手をした。

「こりゃどうも」

と、その外国人は、びっくりするほど自然な日本語で言った。

「K産業ってのは、何をする会社ですかな？」

訊《き》かれて、佐賀は戸惑った。――何だ、この男は？

しかし、いかにも人の好さそうな笑顔でニコニコしながら訊くので、これでは怒る気にもなれない。

「いや、まだまだこれからの会社でして」

と、佐賀は言った。

「今度、会社案内をお送りしましょう」

「それはありがたい。何しろ社長業など、およそ柄《がら》ではないので」

「いや、クロロックさんは本当に面白い方ですよ、社長！」

と、原田はすっかり感心している様子だ。

「一度ゆっくりお話をうかがいたいですな」

と、佐賀は言って、

「おい、原田、そろそろ引き上げるぞ」

「え？　もうお帰りですか。――だったら、もっと食べとくんだった」

「みっともないぞ。――さ、行こう」

クロロックのほうへ一礼して、佐賀は会場の入り口のほうへと歩きだした。原田はあわてて皿を置き、佐賀の後についていく。

会場を出るところで、原田は、

「車を正面に回してもらいますから」

と、先に小走りに出ようとした。

その時、若い娘がひとり、どこかおずおずとした様子で、パーティの会場へと入っていく。佐賀は、その娘とすれ違ったと思うと、行きかけた原田の背中へ声をかけた。

「おい、待て」


エリカは、大沢直子《おおさわなおこ》が、入り口の辺《あた》りに、まだ決心がつかないという様子で立っているのを見つけた。

急いで人をかき分けていくと、

「大沢さん」

「あ、エリカさん……。図々《ずうずう》しく来ちゃったけど」

と、直子は少し照れたように微笑《ほほえ》む。

「いいじゃない。すてきよ、その服」

「そう？　借りものなの、人の」

「凄《すご》い人数でしょ？　ひとりで好きなように食べていて。もし、気が向いたら、パーティの後でお茶でも飲まない？　もちろん、帰ってもらってもいいのよ」

「――じゃ、少し考えてから」

「ええ。もし残ってもいいと思ったら、出たロビーのソファで待っていて。――じゃ、テーブルはどこでも。あっちにお寿司《すし》とかおそばもあるわ」

「お腹《なか》がグーグー言ってる」

と、直子は笑って、

「遠慮なく食べさせていただくわ」

「ええ、どうぞ。父が来てるの。後で紹介させてもらっていい？」

「ええ。お礼を言わなきゃ」

「いいのよ。可愛《かわい》い女の子の顔見てりゃ、ご機嫌なんだから、中年男は」

クロロックがくしゃみをしていた（作者もしていた）。

エリカは、大沢直子と別れて、少し行ってから、振り返った。――ちゃんと食べてるかしら？

うん、大丈夫そうだ。

借りものと言ったが、ああいう格好をすると、とても可愛くて、目立つ。

それでいて、なぜ友だちを作ることさえ、拒《こば》んでいるのだろう？

エリカは、ふと、中年の男性が直子の後をついて歩いているのに目を止めた。

偶然か？

いや、そうじゃない、その男の視線は、はっきりと直子に注がれている。

誰なんだろう？

「――おい、エリカ、何をぼんやりしとるんだ？」

「あ、お父さん。ほら、あそこのピンクの服の子」

「うん、可愛いな。私の好みだ」

「何をにやけてんのよ。そうじゃなくて、あれが例の大沢直子」

「なるほど。何だ、くっついて歩いとるのは？」

「あの人、誰かしら」

「佐賀とかいったな。さっき会ったぞ」

「じゃ、ビジネスマン？　でも、じっと直子を見つめてる。――まともじゃないわ」

「そうおかしな奴とも思えなかったがな」

佐賀、ね……。エリカは、その男の顔を頭に焼きつけておいたが、その佐賀の後から、
またひとり、若い男がくっついて歩いている。

「あれは、佐賀の秘書で、原田とかいう男だ」

と、クロロックが言った。

「こづかいが足らんという点で、意見が一致してな。大いに語り合った」

「つまんないこと、語り合わないでくれない？」

と、エリカは言った。

大沢直子、佐賀、原田……。

ちょっと目を離さないほうがいいかもしれないわ、とエリカは思った……。


「どうするの？　早く決めなさいよ」

と、苛々した声で、峰子《みねこ》が夫のわき腹をつつく。

「ああ……。そうつっつくな。痛いじゃないか」

と、大町忠夫《おおまちただお》は渋い顔で峰子を見た。

「早くしないと、パーティが終わっちゃうわよ。今話さなきゃ、機会がないのよ。分かってる？」

「分かってるよ……。しかし――」

大町は、パーティ会場の入り口辺りに来て、まだためらっている。

「社長が怒ったら？」

「怒るに決まってるじゃないの」

と、峰子が言った。

「いや、つまり――このパーティ会場の中で俺のことを怒鳴りつけたりしたら……。俺は誰にも会わせる顔がない」

「大丈夫。いくら佐賀さんでも、同業者がたくさんいるところで、会社の恥をさらしたりしないわよ」

「そうかな」

「そう思うしかないでしょ。さ、早く中に入って、佐賀さんを見つけるのよ」

峰子にドン、と背中を叩かれ、大町は二、三歩前へよろけるように出た。

そこへ——。

「何のご用なんですか、私に？」

何だかピンクの服を着た、どう見ても十八歳ぐらいの女の子が、原田に引っ張られるようにして、出てきた。

「僕じゃないんです。社長があなたに会いたいと言って、向こうで待ってるんですよ」

と、原田はなだめるように言って、

「ね、僕は秘書だから、言うことを聞かないとクビなんだ。いいでしょ、会うぐらい」

「でも、何のご用かも分からないで——」

と、女の子は渋っている様子だ。

「教えてあげたいけど、僕も知らないんですよ」

原田は、何とか女の子をロビーのほうへと連れ出していくのに成功した。

原田は、大町たちがすぐわきに立っていたのにも、まったく気づかない様子だった。

「――何かしら、あれ？」

と、峰子が言った。

「ともかく、社長があっちにいる、ってことは分かったな」

と、大町は言った。

「じゃ、パーティに入って、何か食ってようか」

「あなた！」

と、峰子がジロッと夫をにらむ。

「だって、社長は――」

「佐賀さんが、あんな女の子に何の用があると思う？」

「知らないな。入社試験の面接でもやるんじゃないか」

「まったくもう、あなたは……」

と、峰子はため息をつくと、夫の腕をつかんで、

「さ、どんな話をするのか、聞いてきましょうよ」

と、歩きだした。

「聞くって……。おい、立ち聞きは良くないぞ」

「どんなことで、あなたのクビがつながるかもしれないじゃないの！」

そう言われると、大町も逆《さか》らえない。仕方なく峰子に引っ張られるまま、原田と女の

子の後をついていったのである。

——大町忠夫は四十七歳。K産業の副社長である。妻の峰子は四十五歳。見た目も化粧が濃くて派手《はで》だが、中身のほうはもっと派手であった。

大町が、招《よ》ばれてもいない、このパーティに、妻の峰子ともどもやってきたというのは、要するに、社長の佐賀に謝るためなのである。

大町は佐賀に無断で大口の契約をまとめようとして、失敗し、何億円という違約金まで払うはめになってしまった。本来なら、〈辞表〉を提出するのが当然という状態であるが、峰子が、

「何とか詫《わ》びて、勘弁《かんべん》してもらうのよ」

と夫の尻《しり》を叩《たた》いて、このパーティ会場へとやってきたのだ。

何といっても副社長で、うまくいけば次のK産業社長のポストも、と狙《ねら》っていた大町は、どうにも諦《あきら》め切れない、というのが正直な気持ちだった。

平身低頭《へいしんていとう》してでも謝って、何とか水に流してもらえないか……。虫のいいことを考えつつやってきたのだが、さて——。

原田が引っ張っていったあの女の子は、誰だろう？

写真の中の顔

「社長。お連れしました」

と、原田《はらだ》が言うと、ひとりでソファに座っていた中年の紳士が顔を上げた。

直子《なおこ》は、その紳士の視線に、ふとどこかで会ったことがあるような気がした。何だか、ずっと遠い昔に……。

「おまえはパーティに戻っていろ」

と、その紳士は原田に言って、

「──さ、かけてくれ。突然呼び出したりしてすまなかったね」

と、直子に穏《おだ》やかに言った。

「いいえ……」

直子は、ソファに浅く腰をおろした。

「私は佐賀正平《さがしようへい》という者だ。K産業の社長をしている」

「佐賀さん……ですか。大沢《おおさわ》直子です」

「そうか。やはりそうか」

と、佐賀は肯《うなず》いた。

そして、上衣《うわぎ》の内ポケットから、札《さつ》入れを取り出すと、

「この写真を見てくれ」

と、直子のほうへ差し出す。

「知っているかね、その人を」

「――母です。この赤ちゃんは……」

「君だよ」

と、佐賀は大きく息をついて、

「若いころのお母さんに君はそっくりだ。間違いないと思った！」

「じゃ……」

「私が君の父親だ。会いたかった！　手を尽くして捜したのに――」

佐賀は声を詰まらせた。

「いや、こんな所で会えるとは！　きっと運命の予感があったんだ。そうだとも」

直子は、頰《ほお》を赤く染めながらも、笑顔には邪魔《じやま》をしようとは思わない。私は君がこうして元
「いや――私は君やお母さんの生活の邪魔をしようとは思わない。私は君がこうして元気に育っていたと分かっただけで満足だよ。お母さんは――治江《はるえ》は元気でいるのか」

直子は、少しためらってから、

「母は——亡くなりました」

と、言った。

佐賀の顔に、悲しみのかげが走った。

「そうか……。いつのことだね？」

「もう、五年前になります」

「五年……。まだ若かったというのに」

佐賀は首を振って、呟《つぶや》くように言った。

「では、君は今、お父さんと暮らしているのか。つまり——新しいお父さんと」

直子は戸惑ったように、

「父ですか？　——私、父親は死んだとずっと聞かされていました。本当のことを教えられたのは、母が亡くなる間際《まぎわ》です」

「何だって？」

今度は佐賀のほうが戸惑う番だった。

「じゃ、君はずっとお母さんとふたりで暮らしていたのか」

「そうです」

直子は座り直した。

「母は——何と言って、家を出たんでしょうか？　私、聞いていないんです」

「そうか。——君がやっとひとつになるかならずのころだった。ある日突然、治江が君を連れて姿を消したんだ。置き手紙には、好きな男と新しい人生を始める、とだけあったが……」

直子は首を振って、

「母はずっと、独りでした。大沢という名も母の姓でしょう？」

「そうだ。——私もね、半年ほどはくるったように、君たちを捜し続けたよ。しかし、本当に、他に好きな男ができたのなら、仕方ない、と思い直したんだ。君とお母さんが幸せなら、それでいい、とね」

「そうですか」

「私はね、治江を信じていた。一時の気の迷いで、馬鹿なことをする女ではない、彼女が決心したのなら、とても気を変えさせることはできまい、と思ったんだよ。それに子供のことは、どんなことがあっても大切にするだろう、と思ったし」

「——いい母でした」

と、直子は言って肯《うなず》いた。

「すると君は今……誰と暮らしているんだね」

「ひとりです」

「何だって？」

「母が、自分の力でアパートをひとつ買い取ったんで、そこの家賃収入で……。ひとりですから、何とかやっていけるし、大学にも通っています」

「しかし――それはいかん！　若い娘がひとりで。私もね、再婚もせずに独り暮らしだ。うちで一緒に住んでくれ」

「でも――」

「何もまずいことはあるまい？　もし、恋人でもいて、同棲《どうせい》しているというのなら、一緒に来ても構わんよ」

直子は赤くなって、

「そんな人、いません」

と、言った。

「じゃ、いいね？　――おい、原田！　あいつ、どこへ行っちまったんだ！　秘書のくせに」

「でも――」

「何だね？」

「さっき、『おまえはパーティに戻っていろ』とか、おっしゃいました」

「あ、そうか」

佐賀は笑いだした。——しばらくして、直子も笑いだしていた……。

「いや、もう社長の喜びようときたら！」

と、原田が言った。

「あれでいきなり十歳も若返ったね」

「良かったわ。まさかそんなことになるなんて」

いくらエリカだって、そんなことが起こるとは、予測できるわけがない。

「で、あの直子さんを、このパーティに招《よ》んでくれたのが、クロロックさんの娘さんと聞いてね。お礼を言ってこい、と」

「ごていねいに」

「本人はね、ともかく一秒でも直子さんから離れたくないらしいんだ。ピッタリそばにくっついている」

エリカは、千代子《ちよこ》とみどりが、だいぶ空《す》いてきた会場の中を、相変わらずエネルギッシュに動き回っているのを眺めながら、

「でも、直子さんがひとりで生活してたなんて、知らなかったわ」

と、言った。

「びっくりだね、あの若さで。しかも母親が亡くなったのは五年も前だっていうんだか

ら」

アルコールが入って、原田はすっかりエリカと打ちとけている。

「社長も、これできっと人前に出ていくようになるだろう」

「人付き合いがだめなの？」

「やっぱり、奥さんがあの子と一緒に家を出てから、ずっと人嫌いになったらしい」

「でも――なぜ、直子さんのお母さんは家を出たのかしら」

「さあ……。それは僕も知らない。――やあクロロックさん」

クロロックが、何やらこわきにかかえてやってくる。

「お父さん、何よ、それ？」

「うん、料理のあまりをつつんでもらった。明日の晩のおかずにと思ってな」

エリカは、咳払《せきばら》いをして、あわてて周囲を見回した。

「あのねえ……。ま、いいか」

「いや、クロロックさん！　あなたの娘さんはすばらしい！」

原田が、クロロックの手を握りしめる。わけの分からないクロロック。

「そりゃもちろんだ。私の娘だからな」

「いや、まったくです！　この父にして、この子あり」

「その通り」

「トビがタカを生んだ、というのはこのことです」

「ね、お父さん」

と、エリカは急いで言った。

「直子さんに会ってみてよ」

「うむ、しかし——この料理が冷《さ》める」

「いいから！」

エリカは、クロロックを引っ張って、会場を出た。原田もついてくる。

「おい、エリカ」

「何なの？」

「あの原田って男、おまえにプロポーズしたのか？」

「私に？　どうして私に？」

「おまえのことを、すばらしい、と……」

「説明してあげるわよ」

と、エリカが言いかけた時だった。

あわててやってきたのは——。

「あれ、社長」

と、原田が目を丸くして、

「どうかしましたか」

「あの子が──直子がいなくなった！」

「は？」

「ちょっとトイレに立って、戻ってみると、どこにも見当たらんのだ！　急いで捜せ！」

「はい！」

「警察だ！　消防署と火災報知機にも連絡しろ！」

かなり焦《あせ》っているらしい。

「ともかく、出口を当たらせます！」

「そうだ！　私はパーティの会場を捜してみる」

原田と佐賀が反対方向へとそれぞれ駆け出していく。

「かくれんぼの好きな子なのか？」

「そうじゃないと思うけど」

「ん？」

「単純じゃない？　ほら」

エリカが指さしたのは、女子化粧室の出入り口。直子が、出てきたところだった……。

「──それじゃ、ふたりで私のことを？」

話を聞いて、直子は笑ってしまった。

「そうよ。でも……。ちょうどいい機会かもしれないわ。ねえ、お父さん」

エリカがクロロックを紹介する。

「大沢直子です」

クロロックが、直子の手を軽く握る。直子がハッと身を固くした。

エリカが手を触れた時も、同じような反応があったが、今度のほうがずっとはっきりしている。

「――これはたいした力だ」

と、クロロックは言った。

「あんたは、コントロールできておるのかな？」

直子は青ざめた顔で、目を伏せたが、

「――おふたりに聞いていただきたいことがあるんです」

と、顔を上げて、

「あの人に――父には聞かれたくないんですけど」

「分かったわ。じゃ、ふたりが戻ってこないうちに……」

エリカとクロロック、それに大沢直子の三人は、ロビーの奥まった場所のソファに、腰をおろした。

「――話って？」

「おふたりとも、何か特別の力を持ってるんですね」

「まあ、ちょっと人間離れしたところがあるの」

「でも、それは人を救える力でしょう？　羨《うらや》ましいわ」

　直子は、ため息をついた。そして、間を置いて口を開く。

「私、自分が憎んで、『死んでしまえばいい』とまで思った相手を、本当に死なせてしまうの」

　エリカは肯いた。

「そうじゃないかと思ってた。――だから、あなたは人と付き合わないのね？」

「だって、付き合わなけりゃ、人を憎むこともないでしょう？」

「でも――それじゃあんまり悲しいじゃないの」

「仕方がないわ」

　と、直子は首を振った。

「直子さん。それじゃ、折田《おりた》さんが死んだのも？」

　直子は、両手で顔をおおった。

「あの人は……私を騙《だま》したのよ」

「付き合っていたの？」

　直子は肯いて、折田と出会ったいきさつを話して、

「——ところが、後になって、私のことを襲《おそ》おうとした伊東《いとう》たちは、折田の子分だったことが分かったの」

「じゃ、お芝居だったのね」

「ええ。——でも、何とか信じようとしたわ。たとえ、あれがお芝居でも、本当に私のことが好きで、何とかしてきっかけを作りたいと思った末の、仕方のないことだったんだ、って……。でも——」

ゆっくりと直子は首を振った。

「約束の時間に、マンションの彼の部屋に行くと、彼はいなくて、伊東たちが待ってたのよ。つまり、折田が私に飽《あ》きたから、子分たちに、『払い下げた』んですって——。私、伊東を殺しそうになって、みんな気味悪がって逃げちゃったわ。——それがあの前の日のことよ」

「それじゃ、無理ないわね」

と、エリカが言った。

「学生食堂で、彼を見つけて……。あと一日、彼に会わなかったら、あんなことしなかったと思うんだけど……。あんまり、怒りが生々《なまなま》しかったのよ」

「分かるわ」

「この力は母譲りなの」

「じゃ、お母さんが佐賀さんのところを飛び出したのも？」

「ええ」

と、直子は肯いて、

「祖母にそういう力があったと母は知ってたの。でも、自分にはそんなものはないと思ってたのね。――ところが、あの佐賀って人と結婚して、私が生まれ、ある日、お手伝いの子が、私を抱いていて落っことしたんですって、母はカッとなって――そのお手伝いの子は胸を押さえて倒れてしまったの」

「死んだの？」

「そうなの。――母は、恐ろしくなったのよ。長い結婚生活の間には、夫のことを憎む日だって来るかもしれない。その時に、自分の力が夫を殺してしまうかも、って……。それで逃げ出したの」

「そうだったの」

「母は死に際《ぎわ》に、私に話してくれたわ。そして、『誰も憎んではだめよ』と言い残して……」

直子は、佐賀が戻ってくるのを見た。

「父だわ。――どうしたらいい？　私は人殺しなのよ。法的には罪にならなくても、私、どうしよう……」

「直子！　どこに行ってたんだ！」

佐賀が真っ赤な顔で、ハアハア喘《あえ》ぎながら、駆けつけてきた。

「お父さん。――私、トイレに行ってたのよ」

直子の言葉に、佐賀はポカンとして、それから笑い転げた。幸せな笑いには、違いなかった。

企み

「そんな男、死んで当然よ」

と、涼子《りょうこ》が言った。

「ねえ、虎《とら》ちゃん」

「ワア」

「虎ちゃんもそう言ってるわ」

「虎ちゃんに分かるわけないでしょ」

と、エリカは笑って、

「でもね、直子《なおこ》さんの気持ちも分かるわ。——辛《つら》いでしょうね。お父さん、ああいう力って、いつか突然消えちゃうことってないの？」

「そうだな……。まあ、親から受け継いだものだとすれば、一生ついて回るだろう」

「じゃ、どうしたらいいのかしら？」

「一番いい方法は、自分の気持ちをコントロールできるようになることだ。——まあ、私のように、人生の豊かな経験者ならともかく、あの娘はまだ十九だ。自分の感情を抑《おさ》え切れないことが、いくらもあるだろう」

と、クロロックは言った。

「こら、虎ちゃん、スプーンを振り回してはいかん！」

これも人生の経験ね、とエリカは思った。

「でもねえ……」

と、涼子は首を振って、

「その折田《おりた》って奴《やつ》は、もし直子さんって子のせいで死ななくたって、どうせろくな死に方はしなかったわよ」

それは言えてる、とエリカは思った。でも、直子自身が、そう割り切れるかどうかは、別の問題だ。

「心配だな、どうも」

と、クロロックは考え込みながら言った。

「何が心配なの？」

「あなたはすぐ、可愛《かわい》い子を見ると気をつかって！　どうせね、私のことは見飽きたんでしょ」

と、涼子がプーッとふくれる。

これにはクロロックも弱いのである。

「何を言うか！　世界中の美女が寄ってたかっても、おまえにかなうもんか」

「口先ばっかり。ねえ、虎ちゃん」

「ワア」

「そ、それはだな……」

「旅行に連れてってくれる、って言って、もう何カ月になるかしら？」

「あら、旅行？　いいじゃない。行ってらっしゃいよ」

と、エリカは言った。

「うむ、しかし……」

クロロックはエリカに遠慮しているのである。つまり、エリカを放ったらかして、家族三人で出かけてしまうと、エリカがひがむのではないか、というわけだ。

「私なら、大丈夫。もう大学生だしね」

「そうか。――じゃ、今度の週末にでも、温泉に行くか」

「すてき！　虎ちゃん、ママと温泉に入りましょうね」

と、涼子が飛び上がりそうにして喜んでいる。

でもね、とエリカは思った。――吸血鬼が手ぬぐいを頭にのっけて、温泉につかってるなんて図は、とてもじゃないけど、怪奇小説のファンにゃ見せられない……。

「しかし、あれは誰だったのかな」

と、突然クロロックが言いだした。

「何の話？」

「やっぱりホテルの料理は味つけがいいわねえ」

涼子は、クロロックが「テイクアウト」してきた料理をあっためて食べながら、感心している。

「うむ、やっぱりホテルの料理は——。いやそうじゃない！　我々があの直子という娘の話を聞いている時に、ソファの後ろに隠れていた奴のことだ」

エリカは面食らって、

「誰かがいたの？」

「ふたりだったな。——人目を避けて会っている恋人同士かな、とも思ったのだが」

「そんなのがソファの後ろにいるわけないでしょ」

「おまえもそう思うか」

「あら、私たちだって、ソファの上でなら——。ねえ、あなた」

クロロックが赤くなって、むせた。エリカも頬《ほお》を染めて、目を天井《てんじょう》へ向け、

「暑いわねえ、何だか……」

それにしても——そのふたりは、あの話を聞いていたのだろうか？

もちろん、普通なら、聞いたところで信じないだろうが、もし何か目的があって隠れていたとしたら……。

「お父さん、どうしてその時に言わなかったのよ」

「いや、気にはなったんだがな……。この料理から、汁がこぼれるんじゃないかと心配だったので」

どうなってんの、まったく！

家庭的なのは結構だけど――小説の主人公としては、もうちょっとしっかりしてほしいもんね。ま、作者が悪いんだけど（すみません）。

「お嬢様」

と、呼ばれて、直子は自分のことと分かってはいたのだが、何だかすぐに返事をするのもみっともないような気がして、もう一度呼ばれるのを待っていた。

「お嬢様」

「はい。――あ、原田《はらだ》さん」

広々とした社長室に入ってきたのは、秘書の原田だった。

午後の明るい日差しが、きちんと整理された社長室の大きな机の表面に反射してまぶしい。

直子は、父に頼んで、会社を見せてもらいに来たのだった。

「遅れて申し訳ありません」

と、原田は言った。

「ちょっと会議が長引いておりまして、社長が、お嬢様が退屈してるだろうから、落語でもやって笑わせてこい、と」

「まあ」

と、直子は笑った。

「私、ずっとひとりでいたんですもの。平気です」

「それはそうですね。しかし、もうこれからは……」

「ええ。——たぶん」

と、直子は低い声で付け加えたが、原田は気づかない様子だった。

「ね、原田さんが会社の中を案内してくださいな。構わないでしょ？」

「ええ、それは……。じゃ、ざっとご案内だけ」

「ええ、お願いします」

と、直子は微笑《ほほえ》んで、立ち上がった。

原田が直子を案内して廊下《ろうか》へ出ると、

「あ、大町《おおまち》さん」

「やあ、原田君」

と、ちょっと陰気な感じの男は、直子を見て、

「そちらはもしかして、社長の――？」

「ええ。社長のお嬢さんの直子さんです。副社長の大町さんですよ」

「初めまして」

と、直子は頭を下げた。

「こちらこそ。いや、こんなにすてきなお嬢さんとはね！　うちに息子のいないのが残念だ！」

と、大町は笑って、

「では、ごゆっくり」

と会釈《えしやく》して歩いていった。

「愛想《あいそ》のいい人ですね」

と、直子が言うと、原田はちょっと首を振って、

「僕は好きじゃないな。腹の中じゃ、何を考えてるんだか」

と、言ってから、

「あ、すみません。妙なこと言って」

「いいえ。あなたって正直な人ね」

と、直子は微笑んだ。

原田はちょっとどぎまぎしたように目をそらして、

「じゃ、ご案内します。初めはコンピュータールームで……」

と、言いながら、歩きだした。

近代化されたオフィスを見て回り、原田の説明のどれくらいまで分かったのか、ともかく直子は楽しかった。

もちろん、直子が佐賀《さが》の娘だというのは、社員の誰もが知っていて、みんな、仕事に熱中しているふりをしながら、チラチラと直子のほうを盗み見ていた。直子たちがいなくなったら、

「ねえねえ、あの子が——」

「社長の娘だって！　似てないわね」

といった話になるに違いない。

いくら近代化されても、働く人間は変わらないのだ。

「——お疲れでしょう」

と、原田が直子を、ビルの最上階にあるティールームへ案内して、

「ここでお待ちください、と社長の伝言です。もうすぐみえるはずです」

「ええ、分かりました。——案内をどうも」

「いえいえ。じゃ、僕は仕事がありますので、ちょっと失礼します」

直子は、窓際のよく陽《ひ》の当たる席に座って、レモンスカッシュを頼んだ。——固い床の上をずっと歩くと、足が腫《は》れる。

直子は、急ぎ足で歩いていく原田を見送っていた。——真面目《まじめ》そうな、いい人だわ。

そしてハッとすると、

「だめだめ」

と、首を振って呟《つぶや》く。

「まだこりないの、おまえは」

もう、二度と恋なんかしない、と自分に誓ったじゃないの、それなのに……。

不思議なもので、失恋したばかりの人間というのは、恋なんてこりごりかと思うと、そうでもない。またすぐに恋に落ちてしまうということが、珍しくないのだ。

気をつけなくちゃ。——父とふたりで、ずっといつまでも暮らしていればいい。

「お待たせしました」

と、ウェイトレスがレモンスカッシュを持ってきた。

「このご伝言が」

「私に？——どなたからですか」

「さあ、ただ、お嬢様にお渡しください、と」

「ありがとう……」

小型の封筒に入った手紙らしいものを、直子は取り出し、広げて読んだ。——直子の顔から血の気《け》がひいた。

「——やあ、すまんな、待たせて」

少しして、佐賀がやってくる。

「疲れたんじゃないか？　顔色が悪い」

「何でもないわ」

と、直子は首を振って言った。

「忙しいんでしょう。大丈夫なの、出てきても？」

「社長が四六時中《しろくじちゆう》会社にいたら、やりにくくて仕方ないさ。いい上役ってのは、たまにゃ休むもんだ」

と、佐賀は笑って言ってから、

「——どうだ。長いこと、離れ離れだった。家にいても、私が忙しいしな。どこか、温泉にでも行かないか、のんびりしに」

「温泉に？」

「年寄りくさい趣味かもしれんな。おまえの好きな所でいいぞ。遠くへ行きたければ、ヨーロッパでも、アフリカでも、火星でも」

直子は笑って、

「私、温泉って好きよ」

と、言った。

「ふたりきりで？」

「もちろんだ。原田は一緒だが」

「じゃ、ふたりきりじゃないわ」

「あれはひとりとは数えん」

「まあ、可哀《かわい》そう。——いいわ。私も楽しみよ」

「よし！　じゃ、すぐに手配させよう。いい宿を選ぶからな。いい所がなかったら、一軒建てよう」

「無茶言って！」

と、直子は笑ったが、その笑顔はどこかこわばっていた……。

直子は、その喫茶店の名前を何度も確かめてから、中に入った。

普通の喫茶店ではない。細《こま》かい仕切りがあって、カーテンを引くと小さな部屋のように分かれている。

「ご予約ですか」

と、受付の男が訊《き》いた。

「ええ。〈8〉番」

「どうぞ」

案内してもらうほどのこともなかった。〈8〉と書かれたカーテンを開けて中へ入る。

相手はまだ来ていなかった。――仕方なく腰をおろし、直子は紅茶を頼んだ。

電話が置いてある。ひとりで入って、電話をかける客もいるのだろうか。

直子は落ちつかなかった。ハンドバッグから、あの手紙を取り出して、広げてみる。

〈あなたのお母さんの死について、重大なお話があります……〉

何のことだろう？　手紙は、この席と時間を指定しただけで、他には何も書いていなかった。

紅茶が来たが、一口飲んでやめてしまった。出がらしもいいところだ。

腕時計に目をやった時、電話が鳴りだした。

びっくりしたが、放ってもおけない。恐る恐る受話器を取る。

「もしもし？」

「直子さんですね」

低く、押し殺した女の声。

「ええ、あなたは？」

「聞いてください。あなたに告白しなくてはいけないことがあって……」

「告白？」

「お母様のことです……。突然倒れられて——間もなく亡くなりましたね」

「ええ……」

「お医者さんは、死因を何と？」

「心臓が弱っていた、と……。でも、よく分からなかったんです」

「当然ですわ」

と、その女は、深々とため息をついた。

「どういう意味ですの？」

「お嬢さん。——私、亡くなる少し前に、お母様と何度かお会いしてるんです」

「母と？」

「お母様は何もご存知なくて、私のことを信用していらして……。一緒にお茶を——。

あのお茶が……」

女は、押し殺した声で、泣いているようだった。

「あの——どういうことなんですか？　もしもし？」

「許してください……。お母様のお茶に、私、毒を入れたんです」

直子は、耳を疑った。

「母のお茶に……毒を？　なぜ？　なぜですか？」

「──人に聞かれます！　高い声を出さないでください」

女は怯《おび》えたように言って、

「ずっと……辛い思いをしていました。夢にうなされたり、眠れない夜が続いたりしていて……」

「言って！　どうしてそんなことをしたんですか？」

しばらく、間があった。

「──頼まれたんです。お金ももらいましたわ」

と、女が言った。

「誰が頼んだんですか？」

「お嬢さん……。これはとても言いにくいことなんですけど──」

「そこまで話しておいて！　言って！」

「ええ。──あなたのお父様です」

直子は愕然《がくぜん》とした。

「何ですって……」

「お父様には、愛人がいたんです。川畑智恵子《かわばたちえこ》という女でした。あなたのお母様が家を出られたのも、その女のことが理由のひとつだったんですよ」

「じゃ、その女と父はずっと――?」

「ええ。ところが、川畑智恵子が子供ができたから、結婚してくれ、と――。そしてお父様に言ったんです。あなたのお母様が生きている限り、安心できない、って」

「川畑智恵子が父に、母を殺せと?」

「そうです。お父様はお母様とあなたの居場所をつき止めて、そして私を……。私は昔、お父様にお世話になったことがあって、どうしても断り切れなかったんです……」

「そんな――そんなことが――」

直子は、震える手で、受話器を握り返した。

「じゃ……その女は?」

「川畑智恵子は、子供が生まれる前に、車の事故で死んでしまったんです。天罰《てんばつ》ですわ」

と、女は言った。

「お父様も、それで目が覚められたんでしょう。――でも、お嬢さんが、また一緒に暮らしておられると聞いて、私……。とても我慢《がまん》できなかったんです」

直子は、大きく息をついて、

「あなたはどなた?」

と、訊いた。

「名前は勘弁《かんべん》してください。でも、本当の話です。お父様にお訊きになってみてください。——本当に申し訳ありません！」

「もしもし！——待って！」

しかし、もう電話は切れてしまっていた。

直子は呆然《ぼうぜん》として、受話器を置くことも忘れていた……。

お湯の中でも

「ああ、いいお湯だった！」

と、部屋へ入ってきたみどりが、真っ赤な顔で、敷いてある布団《ふとん》の上にドサッと倒れた。

「ちょっと」

と、千代子《ちよこ》が顔をしかめて、

「下の部屋の人が、地震かと思って、びっくりするわよ」

「失礼ねえ。——エリカ、お風呂《ふろ》に入らないの？」

「もう入ったわ」

と、エリカは言った。

「温泉に来て、一回しかお風呂に入らないなんて！　もったいないわよ」

「それにしたって、着いてから、まだ四時間しかたってないのに、二回も入るなんて、入りすぎ」

と、エリカは笑って言った。

エリカ、みどり、千代子の三人で、この旅館の一部屋を使っている。——クロロックたち三人も、この隣の部屋だった。

クロロックと涼子《りょうこ》、虎《とら》ちゃんの三人で来るはずだったのだが、涼子のほうも、多少エリカに気をつかったのか、

「一緒に行きましょうよ。お友だちも呼んだら？」

と言ってくれて、それでは、とふたりに声をかけた、というわけである。

エリカも珍しく浴衣《ゆかた》を着て、布団にゴロリと横になっている。

「ああ、何キロやせたかしら、これで」

と、みどりが大きく息をついて、言った。

「いくらお風呂に入っても、あんだけ夕ご飯を食べりゃ、元通りよ」

と、千代子が言った。

「そんなことないわ！　あと今日中に三回は入る」

と、みどりは頑張《がんば》っている。

すると、部屋の戸がガラッと開いて——。

「お父さん、どうしたの？」

と、エリカが起き上がると、

のだ。

「エリカ……。すまん——」

と言うなり、クロロックは、フラッとよろけて、布団の上にバタッと倒れてしまった

「お父さん！」

びっくりしたエリカは、駆け寄って、

「どうしたの？——大丈夫？　にんにくにでもあたったの？」

「いや……風呂で二時間も虎ちゃんの相手をしとったら……目が回って……」

と、ハアハア喘《あえ》いでいる。

「当たり前でしょ、二時間も！」

エリカは、千代子に、

「ちょっと、悪いけど、タオルを水で濡《ぬ》らして持ってきてくれる？」

と、頼んだ。

クロロックも浴衣姿。——吸血鬼が浴衣を着て、のぼせて引っくり返っているという光景は、とても先祖には見せられなかった……。

「——そうだ。ねえ、エリカ」

と、みどりが思い出した様子で、

「今、廊下《ろうか》で、直子《なおこ》を見かけたよ」

「直子?　——大沢《おおさわ》直子さん?」

「うん、例の父親と一緒だった」

「へえ。じゃ、親子で温泉ね。うまくやってるのかもね」

「もうひとり、若い男がいたわ」

「じゃ、秘書の原田《はらだ》さんでしょ」

「結構いい男だったわ。直子も気があるみたい」

「まさか」

「本当よ。私の目にくるいはない!」

「みどり、お腹空《なかす》いてなかった?」

と、千代子がからかった。

「——お父さん、大丈夫?」

エリカが、冷たいタオルを額《ひたい》に当ててやると、クロロックも少し落ちついてきたようで、

「何とか生き返った……」

と、肯《うなず》く。

「もう少し休んでから、部屋に戻ったほうがいいわよ。——私、ちょっと出てくる」

「エリカ、どこに行くの?　ゲームセンター?」

「中学生じゃあるまいし」

エリカは、旅館の廊下を、歩いていった。

「佐賀《さが》さんの部屋は、どこ？」

という声が耳に入って、エリカは足を止めた。

どこかの男が、旅館の男をつかまえて訊《き》いているのだ。――あの佐賀のことだろうか？

「離れですよ。廊下の突き当たりを右へ行った」

「そうか。ありがとう」

その男は、千円札を相手に握らせている。

――誰だろう。

エリカは、その男とすぐ近くですれ違った。

口ひげを生やした男……。いや、あのひげは、たぶんつけひげだろう。

エリカは、その男の後を尾《つ》けていった。――男は、部屋へ入る時、チラッと左右を見た。

いかにも後ろめたいことをしている、という様子だ。エリカは、その部屋の場所を頭に入れると、一階のサロンに行ってみることにした。

「やっぱり、ここか」

エリカがポンと肩を叩《たた》くと、振り向いた原田は、ちょっと戸惑《とまど》って、それから目を丸くした。

「君は――神代《かみしろ》エリカさん」

「偶然ね」

と、エリカは微笑《ほほえ》んで、

「まだ背広にネクタイ？　温泉に来た時ぐらい、その格好、やめたら？」

「仕方ないよ。仕事だからね。遊びじゃない」

「直子さんは？」

「うん、社長とふたりで。――久々の親子水入らずってやつさ」

「良かったわ」

「うん。まあね」

と、原田は言ったが……。

「浮かない顔ね」

「いや、実は――」

原田は、ちょっと周囲を気にして、

「どうも、気になってるんだ」

「何が?」

「直子さんのこと。どうも様子がおかしいんだよ」

「どんなふうに?」

「いや……。まあ、僕だって、女の子の気持ちがよく分かるってわけじゃないけども。

何か思い詰めているみたいで……」

思い詰める? それは、直子のような「力」の持ち主にとっては、危険なことだ。

「本人は何て言ってるの?」

「訊いてないよ。まさか、社長の娘に、そんなこと訊けやしない」

社長の娘、という言い方に、エリカはピンとくるものがあった。

「訊けばいいじゃない。直子さんのこと、好きなんでしょ」

原田はどぎまぎして、

「そんなこと……。冗談じゃないよ!」

「むきになって。——直子さんだって、あなたのこと、好きかもよ」

原田が真っ赤になって、

「そう思う?」

「私が本人に訊いてあげましょうか?」

「君が?」

「そう、女湯の中で。——一番心の中を打ちあけやすい場所だわ」

「ここのお風呂が……」

「あなたは女湯には入れないから、絶対に」

「そりゃそうだな。今、部屋へ行って、すぐお風呂に行くと言ってたよ」

「じゃ、私も入ってくるわ」

と、エリカは言った。


エリカは、大浴場の戸をガラッと開けて、中へ入っていった。

ま、お風呂へ入るのだから、タオルは持っているが、当然裸である。これは小説なのでカットされる心配はない。

凄《すご》い湯気《ゆげ》。——今は少し空《す》く時間なのか、あまり人の姿は見えないが、どれが直子なのやら、よく分からない。

エリカは軽く上がり湯で体を流してから、大きな浴槽《よくそう》へと身を沈めた。

直子は入っているのだろうか？

お湯につかって、ゆっくりと見回していると……。

どうやら、あれらしい。隅のほうに、何となく人を避けるようにして、入っている。

エリカは、お湯の中を、ゆっくりと直子のほうへと進んでいったが——。

「直子……」

低く、囁《ささや》くような声が、どこからともなく聞こえて、エリカはびっくりした。直子のほうもハッとして、周囲を見回している。

「直子……。お母さんよ……」

奇妙なその声は、お風呂の中に反響して、どこから聞こえてくるのやら、まったく分からないのである。

低い声なので、他の客たちはまったく気づいていない。直子は、タオルを握りしめて、息を止めているようだった。

「直子……お母さんの敵《かたき》を討《う》ってね……直子……」

敵を討つ？——何のことだろう？

エリカは、じっと息を殺して、直子の様子を見守っていた。

直子は、また声が聞こえないかと、じっと耳を傾けている様子だったが、もうそれらしい声は、聞こえてこなかった。

直子は、浴槽を出ると、そのまま出ていってしまう。

エリカも、急いで上がった。——いったい何事なのか、確かめなくては！

バスタオルで体を拭《ふ》いたエリカは、浴衣を着ると、やはり浴衣を着て、椅子《いす》にかけている直子のほうへ歩いていった。

「直子さん！——偶然ね！」

と、エリカが声をかけると、直子はいやにゆっくりと振り返った。

「エリカさん……」

「いつ来たの？」

「今日。——今、お風呂へ入ってたところ」

「そう。私もよ。気がつかなかった。あの湯気じゃね」

と、エリカは笑って、

「お父さんと？」

と、訊いた。

「ええ。——それと、原田さん」

「ああ、秘書の人ね。みどりが、すてきだって言ってた」

「そう思う？」

と、直子は、いやに真剣に訊いてきた。

「そうね。——直子さん、どう思う？」

直子は、少し迷ってから、

「思うわ」

と、肯いた。

「私、あの人を好きになりそうな気がする」

「そう、いいじゃないの」

「そうかしら？　私みたいな、変わった娘でも？」

「変わってる、って言っても……。私だって同じよ。いえ、もっと変わってるかもしれないわよ」

まさか吸血鬼だとも言えないが。

「そうね……。でも、片思いかもしれないし、ねえ？」

「どうかなあ。——訊いてみてあげましょうか？」

「エリカさんが？」

「うん。——何だか知らないけど、こういうことって、得意なのよね」

と、エリカは言った。

「そうね。——じゃあ、訊いてみてくれない？」

「いいの？」

「ええ。その代わり——」

「なあに？」

「今夜、返事がほしいの」

エリカは面食らって、

「また、気が早いのね」

「せっかちなの、私って」

と、直子は言って、笑った。

その笑顔には、さっきの奇妙な声を聞いたかげは、少しも感じられなかった。

最後の一夜

「——どうした、直子《なおこ》」

と、佐賀《さが》は言った。

「何か考えごとか?」

食事の進まない様子の直子は、はしを置いて、

「お父さん」

と、言った。

「何だ?」

「ちょっと聞いたんだけど……。お父さんは——」

「何だね? 言ってごらん」

と、佐賀は促《うなが》した。

「あの……川畑智恵子《かわばたちえこ》って人を知ってる?」

直子の言葉に、佐賀は一瞬、青ざめた。

「誰から聞いたんだ、その名前を」

と、鋭い調子で訊《き》く。

「別に——匿名《とくめい》の手紙が」

と、直子は言った。

「お父さん……知ってるのね」

佐賀は、息をつくと、

「ああ。——隠していたわけじゃないよ」

と、首を振って、

「まったく、余計なことをする奴《やつ》がいるもんだな……。確かに、川畑智恵子は、一時、私の恋人だった」

「じゃあ……お母さんが家を出たのも、その人のせい？」

「違う」

と、佐賀はきっぱりと言った。

「その手紙にどう書いてあったか知らんが、智恵子とのことは、治江《はるえ》がいなくなってずっと後のことだ」

「本当に？」

「もちろんだ。——治江とおまえがいなくなって、寂《さび》しかったしな。つい、あの女と……。しかし、長くは続かなかった」

「その人、どうしたの？」

「うん。——今は九州《きゆうしゆう》にいるはずだ。私も、きちんと話をつけて別れた。もう何の関係もないよ」

佐賀は、直子の手を取って、

「本当だ。妙なことを言う奴もいるだろう。しかし、気にするな。——いいね？」

と、言った。

直子は、ちょっと目を伏せていたが、やがて父親を見て、ニッコリ笑うと、

「分かったわ」

と、肯《うなず》いた。

「そうか。じゃ、もうそんなことは忘れなさい」

「そうする」

直子は食事を続けながら、

「——ね、お父さん」

「何だ？」

「お願いがあるんだけど」

「言ってごらん」

「今夜、ひとりで寝たいの。──ずっとひとりだったし、お父さんとでも、ふたりで寝るのって、なんだか落ちつかないの」

「おいおい」

と、佐賀は笑って、

「嫌われたもんだな。──よし、分かった。じゃ、もう一部屋、借りよう」

「もったいないわね」

「構うもんか。何なら、この旅館を全部借り切ってやる!」

「オーバーね」

と、直子は笑って言った。

部屋の電話が鳴った。

「私、出るわ」

と、直子は駆けていった。

「──はい」

「あ、直子さん? エリカよ」

「どうも」

「原田《はらだ》さんに話したわ」

「あの……それで?」

「どっちかというと、原田さんのほうが屋根を突き破って、飛び上がりそうだった」

「じゃあ……」

「本気で一目惚《ひとめぼ》れみたいよ」

「そう。——ありがとう」

「いいえ。うまくやってね」

「ええ。おやすみなさい」

「おやすみ」

直子は、電話器を置いた。佐賀が不思議そうに、

「誰からだ？」

と、訊く。

「下で会った女の子。同じ年齢でね、気が合って」

「そうか。おまえも、友だちをたくさん作るといい、これからはね」

「ええ」

「しかし、男はいかんぞ。お父さんにちゃんと見せろよ。採点してやる」

直子は、ちょっと笑って、

「頭から赤点でしょ」

「馬鹿言え。全部0点だ」

佐賀はそう言って、笑った。

「——や、どうも」

部屋の戸を開けた原田は、中にクロロックとエリカが座っているのを見て、面食らった。

「クロロックさんまで」

「話があって来たのだ」

と、クロロックが言った。

クロロック、ちゃんといつものマントを身につけている。エリカも、洋服に着替えていた。

「何ですか？」

「直子さんと話したわ」

「え？」

「直子さんも、あなたのことが好きよ」

「ほ、本当に？」

原田は、湯上がりの浴衣《ゆかた》姿だったが、エリカの言葉を聞いて、またのぼせたように赤くなった……。

「いや——しかし、社長が何と言うか……」

と、原田は座り込んで、

「当分は、じっくりと時間をかけて——」

「間に合わないわ」

「え?」

「今夜、彼女、ここへ来るわよ」

「何ですって?」

原田が目をむいた。

「そしたら、彼女を抱いてあげて」

「と、とんでもない! そんなことしたら、社長に殺されちゃう!」

「君は男だろう」

と、クロロックは言った。

「は?」

「いいかね。彼女の命がかかっているのだ。——君が、彼女に生きる希望を与えられなかったら、彼女が死ぬことになる」

「何の話です?」

「私を信じたまえ」

クロロックは、原田の肩に手をかけて、

「もし、彼女を愛しているのなら、それで父親に殺されても、いいではないか」

そりゃ、お父さんは自分が死ぬわけじゃないからね、とエリカは思った。しかし、原田も、少し戸惑っていたが、クロロックの真剣な目に見入って、

「――分かりました」

と、肯いた。

「僕が愛してることを、信じさせればいいんですね」

「そうだ。――それが彼女を救うことになるんだ。いいね」

「はい」

と、原田は答えた。


――庭の植え込みがガサッと音をたてた。

夜中の一時。

もう大浴場も、閉まっていて、暗い。

植え込みのかげから出てきた人影は、大浴場の窓のほうへと近づいていった。

窓の端が細く開いて、その下に、何か小さい箱のようなものが取り付けてある。

その人影は、その箱を取り外すと、足早にその場を離れようとした。

するとーー目の前に、誰かが立ちはだかった。

「ーー誰だ？」

と、その人影が言った。

「そっちこそ」

と、言ったのはクロロックである。

「そんな所に小型のスピーカーをしかけて、何をしたのかな？」

相手がギョッとする。

「ーー馬鹿をしたもんだ。つい、念を押そうと、そんなことをやったんだろうが、安っぽいことをするから、すぐに底が割れる」

「何だと？」

「テープに吹き込んだ声で、母親の幽霊《ゆうれい》を出すなど、まったく、芸のない奴だな」

「こいつ！」

と、殴《なぐ》りかかった男は、次の瞬間、

「ワァッ！」

と、はね飛ばされて、窓ガラスを突き破り、浴槽の中へと落っこちていった。

「ーー女湯に入るとは、妙な趣味だの」

と、クロロックは言った……。

佐賀は、部屋の戸を開けて、そっと中を覗《のぞ》き込んだ。

「──直子。──直子、起きてるか」

少しためらってから、明かりを点《つ》ける。

布団《ふとん》は空っぽだった。寝ていた様子もない。

佐賀は不安になった。

「そうだ！　──原田の奴を」

急いで、廊下《ろうか》を駆けていく。原田の部屋の戸をガラッと開けて、

「おい、原田！　起きろ！」

と、明かりを点《つ》けると──。

「お父さん……」

直子が、布団から起き上がった。浴衣の前をきっちりと合わせて、

「どうしたの？」

「直子……」

原田が、頭を振って、同じ布団から起き上がると、

「──あ、社長。おはようございます……」

「原田！」

佐賀は、真っ赤になって、

「これはどういうことだ！」

と、怒鳴った。

「お父さん、待って。私のほうよ、ここへ来たのは」

「直子！　おまえは部屋へ戻ってろ」

「いいえ、お父さん――」

「原田！　しめ殺してやる！」

「社長！　これにはわけが――」

と、目が覚めた原田が飛び上がった。

「うるさい！」

と、佐賀が拳《こぶし》を固めた。

その時――。

「失礼」

という声とともに、ドタドタッと部屋の中へ転がり込んできたふたり――。

いや、「転がされた」と言うべきだろう。

「何だ？　――大町《おおまち》じゃないか！」

と、佐賀は、ずぶ濡《ぬ》れになってのびている男を見下ろして目を丸くした。

女のほうは、大町の女房、峰子《みねこ》である。こっちも気絶《きぜつ》していた。

「間に合った！」

と、エリカが息を弾《はず》ませて入ってくる。

「直子さん！　死んじゃだめよ！」

「直子が死ぬ？」

「そうです。――そのふたり、どうやら会社でまずいことをしたようですよ」

と、エリカは言った。

「そして、私たちと直子さんの話を、盗み聞きしたんです。――直子さんに、憎んだ相手を死なせる『力』があるっていうことを、知って、企《たくら》んだんです。直子さんに、お父さんを殺させようと」

「何だって？」

「――直子さんのお母さんの死が突然のことだったと調べて知った大町は、佐賀さんがお母さんを殺したんだという話をでっちあげて、直子さんに聞かせたんです」

「作り話だったの？　でも、川畑智恵子のことは――」

「社長の愛人のことを大町が知っていても当然だわ。その名前に話を絡《から》ませて、いかにも本当らしく見せようとしたのよ」

佐賀は唖然《あぜん》としている。

「あんたには信じられんかもしれないがね」

　と、クロロックが入ってきて、言った。

「世の中には、特別な『力』を持った人間がいるものなのだ。この娘の母親もそうだった」

「じゃ——治江《はるえ》がいなくなったのも？」

「それが、あんたに迷惑をかけると思ったからだ。——この娘は、その『力』を受けついでしまった。その寂しさが分かるかね？　人を憎みたくないばかりに、誰とも付き合わなかった、その心が」

　佐賀は、直子のほうへかがみ込むと、

「打ちあけてくれれば良かったのに」

　と、言った。

「でも……お父さんに、化け物だと思われるのが怖かったの」

「何を言うんだ！」

　佐賀は、直子の肩を抱いて、

「じゃあ——おまえは、私を死なせるつもりだったのか？」

「違います」

　と、エリカは言った。

「そうじゃないんです。——だから、私たち、原田さんに頼んで、その愛情で、直子さんをつなぎ止めておいてもらったんです。このふたりの悪だくみを暴《あば》くまで。ほら、直子さん、これがお風呂場で聞こえた、お母さんの声よ」

エリカが小型のラジカセを投げ出した。

「この娘のことが心配だったのだ」

と、クロロックは言った。

「父親を憎むことは、この娘にもできたろう。しかし、同時に父親を愛してもいた。——その解決として、この娘は自分を憎んで死なせようとしていたのだ。違うかな？」

直子は、ちょっと目を伏せて、

「だって……それが一番いいんだわ。私が死ねば、もう——」

「冗談じゃない！」

と、原田が怒ったように言った。

「せっかく、恋人を見つけたのに。死なれてたまるか！」

「原田さん……。だって、私は——」

「いいさ。君に憎まれるようなことをしなきゃいいんだろ？」

「おい、原田」

と、佐賀がムッとしたように、

「いつ結婚していいと言った？」

「反対されるんですか？　彼女に殺されますよ」

「こいつ！　──社長を脅迫《きようはく》するのか！」

「お父さん……」

「だいたいおまえは……。大学生だぞ」

と、佐賀は、ふくれっつらになって、

「せめて──卒業してから、結婚しろ……」

「じゃあ、許してくれるの？」

「──事後承諾じゃないか」

と、佐賀は苦笑して言った。

「やった！」

原田は、直子を抱きしめた。

「原田さん……。私──」

「君になら、殺されたって文句は言わないよ！」

「嬉《うれ》しい！」

ふたりが抱き合ってキスする。

「おい！　俺の前でキスするな！」

佐賀が怒鳴った。

「じゃ、お父さん、目をつぶってて」

と、直子が言い返す。

「私たちが外へ出たほうがいいみたい」

と、エリカが提案した。

——結局、直子と原田を残して、クロロックたちは、のびている大町夫婦を引きずって、廊下へ出た。

「やれやれ……」

と、佐賀がため息をついて、

「せっかく見つけた娘を、またかっさらわれた」

と、グチった。

「あんたも若い奥さんをもらったらどうです？」

と、クロロックが言うと、

「若い妻を？」

「さよう。私の妻は、このエリカよりひとつ若いのです。いいもんですぞ」

「ほう！」

「何なら、家内の友人を紹介しましょう」

「なるほど。——直子には原田がいる。私も誰かいてもいいわけだ」

「そうですとも。人生はこれからだ」

「——本当に、紹介していただけますか？」

「ひとつ、ゆっくりご相談を……」

「いいですな！」

クロロックと佐賀が、熱心に話し込んでいるのを眺めて、エリカは、

「何やってんだろ、まったく」

と、呟《つぶや》いて、それから、

「その前にね、こっちが恋人を見つけたいわよ！」

と、言ってやったのだった……。

吸血鬼は昼寝どき

侵入者

ポロン、ポロン……。

あら。——エリカさん、もう帰ってきたのかしら？

涼子《りょうこ》は、まだウトウトしていた。昼下がりの居眠りぐらい、気持ちのいいものは他にない。特に、家事も終わったし、今夜はゆうべのおかずの残りで充分間に合うし、虎《とら》ちゃんも、午前中近くの砂場でたっぷり遊んで——おかげで、砂だらけになり、帰ってから丸裸にしてシャワーを浴びさせなきゃならなかったのだが——ぐっすりと眠っているし……。

まるきり何の心配もなしに、のんびり寝ていられる、ってことは、主婦にとって、あまりないことなのである。

よく、主婦のことを、「三食昼寝つき」なんて馬鹿にする人がいるが、とんでもないことだ。そんなことを言う人間は、一度一人で平日に家にいてみるといい。

新聞の勧誘《かんゆう》だのセールスマンだの、生協《せいきょう》の品物は届くわ、水道の検針に来たと思えば、お次は書留《かきとめ》で「ハンコお願いします」と来て、「小包」「料金不足」も珍しくない。お隣の奥さんは回覧板《かいらんばん》を持ってきて上がりこんでベラベラしゃべっていくし、やれお宅の洗濯物のしずくがうちの布団《ふとん》に落ちただの、誰がすべったの転んだのと大騒ぎ。

ともかく、何事もない、平穏《へいおん》無事な日などというものは、まずめったにあるものではないのである（作者は主婦じゃないが、一日中家にいるので、同じようなもんである）。

涼子は、珍しく静かな昼下がり、ソファで横になって、スヤスヤと眠っていた。――そこへ、ポロンポロンとチャイムが鳴っても、すぐには出る気になれなかったのも、無理のないところであろう……。

――ポロンポロン。

「はいはい……」

欠伸《あくび》しながら、涼子はソファから起き上がった。ごく自然に目は、やはりソファの上で眠り込んでいる虎ちゃんのほうへ向く。

大丈夫。子供はいったん眠ってしまうと、チャイムが鳴ったぐらいじゃ起きやしないのである。

「――はい」

と、インターホンに出ると、

「小包ですが」

と、男の声。

「はい」

そう、エリカさんは、まだ帰らないだろう。小包ね。何かしら？

玄関へ出て、鍵《かぎ》をあける。

「――どうも」

作業服を着て、つばのついた帽子を目深《まぶか》にかぶった男が、箱を手に立っている。

「ご苦労様」

「あの――ハンコ、お願いしたいんですが」

「あら、ハンコがいるの？　ちょっと待ってね」

涼子は急いで台所へ戻って、引き出しから、ハンコを取ってくると、

「お待たせ……。あら」

玄関には、誰もいなかったのだ。小包も置いていない。涼子はすっかり面食らって、

「どうしたのかしら……」

と、首をかしげた。

きっと、お隣かどこかと間違えたのね。それで照れくさくなって。――でも、すみません、の一言ぐらい言っていけばいいのに。

黙って行っちゃうなんて……。

少しむくれつつ、涼子は玄関の鍵をかけ、ハンコを台所の引き出しに戻して、居間へ戻って——立ちすくんでしまった。

三人の男が、ソファに座っていたのである。

一人は、小包を持っていた男だ。帽子を取って、テーブルに置いている。

涼子はゾッとした。男たちの一人が、虎ちゃんのすぐそばに座り、手に拳銃《けんじゅう》を持っていたからだ。

「——お邪魔《じゃま》してますよ」

と言ったのは、もう一人の、三人の中では一番年長の男で、五十を越えていると思えた。こんな暖かい日にしては、コートを着込んで、ボタンもしっかりとはめたままだ。

「何してるんですか……」

と、涼子はやっとの思いで言った。

「騙《だま》してすみませんね」

と、作業服の男がニヤリと笑って、

「こうすりゃ、余計な手間が省《はぶ》ける、ってもんですからな」

「子供から離れて」

と、涼子が言った。

「そうはいかん」

と、コートの男が首を振って、

「この子は大事な人質だ」

「何ですって？」

「妙な真似《まね》はしないように。その男は、相手が女性だろうと子供だろうと、殺すのが趣味という男だ。怒らせないことです」

拳銃を、まるで十円玉か何かのように手の中で弄《もてあそ》んでいる、その男は、少し髪が白くなっているが、顔立ちはせいぜい三十そこそこだった。

しかし、その目は冷たく、無表情で、ガラスのように、何の感情も表してはいない。

――涼子は、これが夢でないのだ、とやっと悟《さと》った。

「何がほしいの」

と、涼子は言った。

「お金はたいしてないわ」

年長のコートの男が、ちょっと笑って、

「金目当てに、こんな面倒なことはしない。我々はね、偉大な使命のために行動しているのです」

「使命？」

「さよう。――この世界から吸血鬼を一人残らず退治する、という使命のためにね」

涼子は唖然《あぜん》とした。

その年長の男が、ソファから立ち上がり、コートをゆっくりと脱いだ。

その下の服装は……。

「神父《しんぷ》さん？」

「そうです。私たちは神のために命がけで働いている」

コートの内側に、大きなポケットが作られていた。

その神父は、ポケットに手を入れると……。涼子は、目をみはった。

神父が取り出したのは、先を鋭く尖《とが》らせた杭《くい》と、大きなかなづちだったのだ。

「これを、あんたの夫の心臓に打ち込んで、滅《ほろ》ぼしてやる」

と、神父は言った。

「やめて！　何てことを――」

「これは神のご意志です。何があろうと、やめることはできない」

神父は、作業服姿の若い男のほうへ肯《うなず》いてみせて、

「まず、家の中を調べよう。――見張っていろよ」

「任《まか》せとけ」

と、拳銃を手にした男が言った。

「何かやったら、額《ひたい》を撃《う》ち抜いてやる」

「子供は撃つな。女房のほうなら構わん」

「分かった。――おい、そこへ座ってろ」

涼子は、少し離れたソファに腰をおろしたが、そう言われたからというより、怖くて立っていられなくなったからだった。

「一部屋ずつ調べろ。油断《ゆだん》するなよ」

と、神父が言った。

涼子は、スヤスヤと眠り続けている虎ちゃんを見て、何とか自分を落ちつかせようとした。――虎ちゃん！　きっとお母さんが守ってあげるからね！

ああ……。せめて、エリカさんがいてくれたら。

そう。もうすぐエリカさんが帰ってくるだろう。そしたら、こんな奴《やつ》ら、アッという間にやっつけてやれる。

私だって、あの神父の頭を、フライパンで思い切りぶん殴《なぐ》ってやるのに！

居間を出ようとした神父が振り向くと、

「そうそう、言い忘れてたがね」

と、微笑《ほほえ》みながら、言った。

「あんたの義理の娘は、父親より一足早く、旅立ったよ。天国へか地獄へかは知らんがね」

涼子の顔から血の気《け》がひいた。

エリカさんが？　エリカさんが死んだ？

そんな……。まさか、そんなことが！

「助けは来ない。まあ諦《あきら》めるんだね」

そう言って、神父は若い男を促《うなが》し、出ていった。

涼子は、頭を振って、必死で自分に言い聞かせた。

エリカさんが死んだりするもんか！　そうだわ、あれはただの強がりで……。

ああ、神様！

神様に祈るってのも、なんだか妙な気はした。しかし今は、神でも仏《ほとけ》でも、助かりさえすりゃ、何にでも祈りたい気分である。

あの人は……。フォン・クロロックは出勤している。

帰りはたぶん――七時ごろか。今夜、特に遅いとは言っていなかったから。

もしあの人が帰ってくるまで、この男たちが私と虎ちゃんを人質に、居座っていたらどうなるのか。

涼子はクロロックの胸に杭が打ち込まれる場面を想像して、気が遠くなりそうだった。

やめて！　そんな場面はカットして！

――映倫《えいりん》と間違えているらしい。

「誰もいないな」

と、戻ってきた神父が言った。

「あんたの夫は、会社の社長をやっているそうだな」

「主人は何も人を傷つけるようなことはしていないわ！　どうしてそんなひどいことをするの！」

涼子は、やけになって元気が出たのか、神父に食ってかかった。

「吸血鬼は永遠に神の敵なのだ」

と、神父は穏《おだ》やかに言った。

「中には確かに、人に害にならん吸血鬼もいるらしい。しかし、そいつの中にも汚《けが》らわしい血が流れているのだ。そこに寝ている子供や、その子供に、恐ろしい吸血鬼が現れることもあるのだ」

「そんなこと、誰にも分からないでしょ！　あんたは神様じゃないのよ！」

「そうとも」

神父はニヤリと笑った。ぞっとするような笑いだった。

「だからこそ、神のために働くのだ」

「ただの人殺しよ。あんたなんか！」

と、涼子は言ってしまってから、少し後悔した。

「こいつ、生意気だぜ。やっちまおう」

と、その拳銃を持った男が言った。

「まあ落ちつけ。——ゆっくりしよう。時間はある」

神父は笑って、ソファに寛《くつろ》いだ。

その時——ポロンポロン。

どこか場違いな、平和な音が、居間の中に鳴り渡ったのである。

早すぎた帰宅

男たちは、素早く顔を見合わせた。

「誰だ？」

と、神父《しんぷ》が言った。

「知らないわ」

「インターホンに出ろ。妙なことを言うと、子供の頭が吹っ飛ぶ」

「分かったわ……」

「早く出ろ」

そう言われたって……。ともかく立つと膝《ひざ》がガクガク震えてしまうのである。

また、チャイムが鳴った。

「はい……」

「あ、みどりです」

と、橋口《はしぐち》みどりの元気のいい声が飛び込んできた。

「エリカ、帰ってます？」

「あ――あの――まだ、それが……」

「そうですか。今日、大学に来なかったから、変だなと思って」

大学へ行かなかった？　エリカさんはちゃんとここを出たのだ。

では、やっぱりエリカさん、やられてしまったんだわ……。

「じゃ、いいです。夜電話するって伝えといて」

「あの――みどりさん」

「はい？」

神父が、ぐいと涼子《りようこ》の肩をつかむ。――涼子は、眠っている虎《とら》ちゃんの頭に、銃口《じゆうこう》が押し当てられているのを見た。

「何でもないの。――夜、電話して」

「はい。じゃあね」

みどりが帰っていく足音が、かすかに聞こえてきた。

涼子は、体から力が抜けて、よろけた。

「おっと！」

若い男が、涼子を支えて、

「しっかりしなよ」

「大丈夫……。お願い、その子には手を出さないで」

「我々の狙《ねら》いはあんたの夫だ」

と、神父は言った。

「お帰りをゆっくり待つしかないようですな。では、コーヒーでもいれていただこうか」

誰が出してやるか、と思ったが、しかし涼子も何かしていたほうが、かえって落ちつくような気もして、

「分かったわ」

と、台所に立った。

お湯をわかす。コーヒーの豆をひいて、フィルターで落とす……。

その手順を、間違えずにやれるのが不思議だった。

ふと振り向くと、あの作業服を着た若い男が立っている。

「カップを出してやろうか」

「ええ……。じゃ、そこの」

「あんた、飲むかい」

「いらないわ」

「そうだろうな。——ま、悪く思うなよ」

若い男は、どこか優しい口調《くちょう》で言った。

涼子はコーヒーをカップへ注ぎながら、

「――あの人、本当に神父なの？」

と、訊《き》いた。

「元神父だ」

「じゃあ……」

「今の教会で、まともに吸血鬼退治をやる、なんて言ったたって、信じちゃくれないぜ」

と、男は笑って、

「だから破門さ。人間、思い込むってのは怖いよな」

「じゃ、あなたは……」

「俺とあの殺し屋は雇われてるだけ。あいつは人を殺せて金になる、ってんで喜んでる」

「――ミルクとお砂糖はこれよ」

と、涼子は盆にのせて、声を低め、

「助けて。お願いよ」

と、言った。

「気の毒だけどな、確かに。――あんたみたいに若い女房持った奴《やつ》は初めてだ」

と、男は言って、肩をすくめる。

「だけど、こっちも命は惜しい。裏切ったりすりゃ、あの殺し屋が、喜んで俺を蜂《はち》の巣にするさ」

「――何してるんだ？」

と、神父の呼ぶ声が聞こえた。

「俺が持っていく」

と、若い男が盆を手に、先に居間へと戻っていく。

涼子が居間へ入っていくと、神父が、あの杭《くい》の先を、ナイフで削《けず》って、さらに鋭く尖《とが》らせていた。

涼子はゾッとした。――くるってる！

何を言ってもこんな男には通用しないだろう。しかし――何とかしなきゃ！

時間がある、それだけが救いだった。まだやっと三時になったところだ。

あと三、四時間ある。その間に、何かが起きるかもしれない。

電話が鳴りだして、涼子は飛び上がりそうになった。

「――出るんだ」

と、神父は言って、

「分かってるな」

と、念を押した。

涼子は、受話器を取った。

「——もしもし」

向こうは黙っている。

「あの……どちら様ですか？」

誰でもいい。助けて、と叫びたかった！

「誰だと思う！」

と、いたずらっぽい声。

「あなた？」

と、涼子が叫ぶように言うと、神父のナイフがのどへ突きつけられた。

「びっくりしたか。すまん、すまん」

クロロックは笑って、

「声が近いだろ。今日は会社の創立記念日だというので、三時で終わりにした。もうすぐ帰るぞ！」

「でも……あなた」

「何だ？」

「この間も創立記念日でお休みにしなかった？」

「なに、休みや早く帰れるのに文句を言う奴はいない」

そりゃそうだろうが……。

「近くまで来てるんだ。虎ちゃんの好きなお菓子を買って帰ろうと思ってな。――では
あと十分もしたら帰るぞ」

「あなた……」

涼子は、思い切ったように、

「帰ってこないで！　殺される！」

と、叫んだ。

だが――すでに受話器からはツーという音が鳴っているだけだった。神父が指でフッ
クを押して切ったのだ。

「なかなかいい度胸をしているな」

と、神父は言った。

「ぶっ殺してやる」

と、あの「殺し屋」が言った。

「まあ待て。あと十分の辛抱《しんぼう》だ」

神父は抑《おさ》えて、

「その時が来たら、この女、好きなように殺させてやる」

殺し屋はニヤリと笑って、

「ゆっくり考えとくぜ。楽しい殺し方をな」

と、涼子を楽しげに眺めた。

もうだめだ！

涼子は、絶望的になって、ソファに腰をおろした……。

「さあ、いよいよだ」

神父は、その頑丈《がんじよう》そうな指をポキポキと鳴らした。

「いいか、奴が入ってくる。——我が子の頭に銃が突きつけられているのを見て、立ちすくむだろう。そこへ、ドアの陰に隠れていた私が飛び出し、この杭を奴の胸に押し当て、一撃する。いったん食い込めば、こっちのものだ！」

神父が目を輝かせ、頰《ほお》を紅潮《こうちよう》させている。

「大物だぞ！　クロロックは正統な吸血族のひとりだ。奴を灰にしてしまえば、奴の血統を根絶《ねだ》やしにできる」

ああ……。何か方法はないんだろうか？　涼子は両手を固めて、目に押し当てた。

その時——ポロンポロン、とまたチャイムが鳴ったのである。

乱入した女

「奴《やつ》かな？」

と、殺し屋が言った。

「いや、少し早すぎる」

と、神父《しんぷ》が言った。

「出てみろ。——誰でも、追い返せよ」

涼子《りょうこ》は、何とか足を踏みしめながら、インターホンに出た。

「はい……」

「あ、奥様でいらっしゃいますか？」

と、若い女の子らしい声だが、ひどくなまっている。

「は？」

「社長さんの奥さんでいらっしゃいますか？」

「ええ……。そうですけど」

「良かった！　社長さん、お帰りですかねえ？」

「いえ、まだ……」

「あの……。会社でついこの間から、働かせていただいてるもんですけど……」

「何か？」

「社長さんから、今日中に出せって言われてた書類がありまして。それをすっかり忘れちまったもんですから、急いで社長さんを追いかけてきたんです。そんじゃ、追い越しちまったんかしら？」

「もうすぐ、たぶん……」

「じゃあ、すんませんけど、奥様から、お渡しいただけませんでしょうか。今日中に必ず、っておっしゃってたもんなんで」

涼子は神父を見た。神父は声を出さずに口の動きだけで、「帰せ」と言った。

「あの――私、よく分からないんで、明日、会社で主人に渡してください」

と、涼子は言った。

「でも、今日中に、っておっしゃったんです。渡していただくだけでいいんですけど……」

「でも――」

「お願いします。一生懸命やったんです」

涼子が神父を見ると、神父は、ため息をついて、

「しようがない。受け取って、すぐに帰せ」

と、低い声で言った。

「今行きます」

と、涼子は言って、玄関のほうへ行こうとした。

「待て」

神父は、若い男のほうへ、

「ついていって、逃げないように見てろ」

「逃げるわけないでしょう。子供がいるのに!」

と、涼子は神父をにらみつけた。

神父は苦笑して、

「なかなか気が強いね。——しかし、何か妙なことを言われると困るのでね」

涼子は、玄関へ行き、鍵《かぎ》をあけた。

「——お待たせして」

と、ドアを開けると……。

目の前に突然、ナイフを突きつけられて、涼子は仰天《ぎようてん》した。

「何するのよ!」

と、尻《しり》もちをつく。

「奥さん！　私、ご主人のことが好きなんです！」

メガネをかけ、髪をふり乱した女が、ナイフを構えて入ってくると、

「ご主人は私のもんです！」

「ちょっと――待って！」

涼子はあわてて四つん這《ば》いになって逃げ出そうとした。

「奥さんさえいなければ……。死んでください！」

と、女は追いかけてくる。

「いやよ！　やめて！」

「おい、待てよ！」

と、あわてて、若い男が止めに入ると、

「まあ！」

女はメガネの奥で目を見開いて、

「こんな若い男と！　何ていやらしい！」

「おい、ともかくナイフを捨てろ！　危ないじゃないか！」

騒ぎを聞いて、神父が出てきた。

「どうしたんだ、いったい？」

「この女が――ワッ！」

女がナイフを振り回したので、若い男は飛び上がった。

「おい！　やめなさい！」

神父が、がっしりした手で、女の手首をつかまえる。

「おまえ、そっちの手をつかめ！　――ほら、おとなしくしろ！」

両腕を、神父と若い男にがっちりとつかまれて、女はハアハア喘《あえ》ぎながら、何とかおとなしくなった。

「まったく、とんだ飛び入りだ」

と、神父が渋い顔で、

「どこかへ押し込めとこう」

その時、女が、

「ヤアッ！」

と、一声。神父と若い男の体は、左右へ放り投げられた。

神父の体は柱時計にぶつかり、ガラスが砕《くだ》けた。若い男のほうは、みごと頭が花びんに命中し、分厚い花びんが割れて中の水が溢《あふ》れ出る。

若い男のほうは完全にのびてしまった。

呆気《あつけ》に取られている涼子の前で、女がメガネを外し、かつらをパッと取り去ってみせる。

「エリカさん！」

「危ないところだったの」

と、エリカは息をついて、

「あと少しで、鉄材の下じき。何かありそうだと思って、みどりに様子を探ってもらったら、明らかにおかしい。それで変装してね」

「――吸血鬼め！」

と、神父がフラフラと立ち上がり、十字架をエリカに向かってつきつけた。

「あのね」

と、エリカは言った。

「クリスチャンでない吸血鬼もいるのよ」

ガツン、とエリカの拳《こぶし》が神父の顎《あご》にぶち当たり、神父の体は五、六回も転がって、部屋の奥まで行ってしまった。

「エリカさん、もうひとりが、虎ちゃんに銃を――」

「何ですって？」

居間へふたりが飛び込むと、殺し屋が、虎ちゃんの頭に銃口を突きつけている。

「やりやがったな！」

と、殺し屋がわめいた。

「このがきを殺してやる！」

引き金を引こう——とした時、虎ちゃんがヒョイと起き上がると、拳銃を持った手に、ガブッとかみついたのである。

「ワーッ！」

と、殺し屋は叫んで、銃を取り落とした。

「——騒がしいぞ」

と、居間へ顔を出したのは、クロロックだった！

「あなた！」

涼子が叫んだ。

「その男が虎ちゃんを殺そうと——」

「そうか。——では礼をせねばな」

クロロックがポキポキと指を鳴らした。

「やめてくれ……」

殺し屋は青くなって震えている。

「子供を人質に取るとはな。卑劣《ひれつ》な奴だ」

クロロックはマントをさっと広げると、殺し屋をスポッと包んでしまった。

「ワーッ！」

と、くぐもった声がして……。

「――どうしたの？」

「なに、あばらの二、三本も折れたかもしれん」

と、クロロックは言った。

「怖かったわ！」

涼子は、クロロックへ抱きつくかと思いきや、虎ちゃんのほうへ駆け寄った。

「ま、これでいい」

と、クロロックは肯《うなず》いた。

「お父さん、どこにいたの？」

と、エリカは訊《き》いた。

「私か？　私は寝とった」

「寝てた？」

と、涼子が目を丸くして、

「でも、あの電話は？」

「寝室の電話からかけた内線だ」

声が近かったわけだ！

「——様子がおかしいのでな、あのみどりって子の行った後、ベランダから外へ出た。エリカと会って、作戦を練ったのだ。——怖い思いをさせて悪かったな」

「いいえ。きっと、あなたが助けてくれると思ってたわ」

と、涼子は言って、

「でも、初め、この人たち、部屋を見て回ったのよ。あなた、眠ってたの？」

「うむ……」

と、クロロックはちょっと照れたように、

「昼寝していて、ベッドから落っこちたのだ。そのまま眠っていたから、見えなかったんだな」

「じゃ……会社は？」

「会社か。今日は——」

「創立記念日で半日だったのね」

「よく分かった！」

「そうよ。何しろあなたの妻ですものね」

と、涼子は言った。

「ワア」

虎ちゃんが、すっかり目も覚めて、声を上げたのだった。

バレンタインと吸血鬼

学校帰り

馬鹿げてるわ。バレンタインデーなんて。

あんなもの、お菓子メーカーのためにあるのよ。そんなものにのせられて大騒ぎするなんて、信じらんない！

——そうなのだ。珠世《たまよ》だってそう思っている。別に、一生懸命おこづかいをためて、チョコレートを買っては男の子にあげている女の子たちのことを、馬鹿にしたりはしないし、分かったような顔でお説教もしないが、自分がそんなことをしたいなんて、思ったこともない。

でも——今、現実に、珠世はデパートで買ってきた包装紙にくるみ、自分の手でリボンもかけた包みを持って、彼が通りかかるのを待っているのだ。

人は、誰だって——どんなに頭のかたい人でも、恋のためなら「占い」だの「星座」だのを見てしまう。恋する相手に振り向いてもらうためなら、見たこともないサッカーの試合に通ったりするのである。

それにしても、遅いなあ。

珠世は左手にさげていた学生鞄《かばん》を足下《あしもと》に置いた。これも、いつもならめったにしないことで、珠世は神経質できれい好きなのだ。

もう、一時間半近くも、珠世は待っていた。

暗くなると、昼間はあんなによく晴れて風もなく、あったかかったのに、急に冷たい風が吹き始めるのだ。

彼がどこか他の道を通って帰るということは、考えられない。駅から、彼の家に行くまで、道はこれしかないのである。

住宅地で、あまり人通りはないのだが、それでも勤め帰りのサラリーマンとか、少し遅めに買い物をしてきた主婦が通りかかる。珠世は目を伏せて、ゆっくりと少し歩いてみせ、そして人が行ってしまうと、ホッとして、また元の位置に戻るのだった。

セーラー服に、分厚いオーバーが重い。松本《まつもと》珠世はもう高校三年生なので、この服装ともうすぐお別れだ。ちっとも名残惜《なごりお》しいとも思わないが……。

——あれは？　あの人影。あれはもしかして、史郎《しろう》さんじゃないかしら。

遠いので、それはまだただの「影」にすぎなかったが、大股《おおまた》に長い足を運ぶその様子、手にさげている細長いスポーツバッグ。どう見ても、増田《ますだ》史郎に間違いなかった。

珠世の心臓は、飛び出しそうなほどに高鳴り、頰《ほお》にはカッと朱《しゅ》がさした。

どうしよう？　どうしよう？

珠世は逃げ出したくなった。こんなもの、渡したら笑われるかもしれない。

でも——せっかく作ったのだ。渡すだけでもいい。

増田史郎はN大の一年生で、サッカーリーグのスターである。足が長くて速く、二枚目の顔立ちで、ともかく女子高生、女子大生のアイドル的な存在だった。

珠世は、友だちに無理やり引っ張っていかれて、生まれて初めてサッカーの試合というものを見たのだったが、サッカーっていうのは、ボールを足でけるもんだ、としか分からなかった。

その代わり、その友だちが、

「ね、あの人、すてきでしょ！」

と、指さしたほうへ目をやった瞬間、他のことはまるで気にならなくなってしまったのである。

一目惚《ひとめぼ》れ。——歌やドラマじゃあるまいし、こんなことってあるの？　珠世は自分でも呆《あき》れたくらいだ。

それ以来、明日がテスト、って時でも、珠世は、史郎の出る試合は必ず見に行った。

しかし、ファンレターだの、プレゼントだのを手渡したいと思ったことは一度もない。

大勢のファンの子たちが、増田史郎のためにセーターを編んでみたりしているのは知っていた。

珠世は不器用だったから、そういったことは苦手だったし、もし、何かあげたところで、向こうはこっちの顔も憶《おぼ》えてはくれない、と分かっていたからだ。

こっちが好きで、胸をときめかせていれば、もう充分。

――やってくる。もう間違いない。増田史郎その人である。

珠世の手の中で、チョコレートの包みは細かく震えていた。

どうしよう？　どうしよう……。

足音が耳に入ってくる。どんどん近づいてくる。――さあ！　勇気を出して！

今――今、進み出ないと、通り過ぎていっちゃうよ。さ、早く！

目の前を、史郎は通り過ぎていく。少し練習でくたびれているのか、うつむき加減の横顔は、あまり元気そうとも見えなかったけれど……。

行ってしまう！　珠世は、深く息を吸い込んで、思い切って歩み出た。

「すみません！」

突然声をかけられて、増田史郎はギクッとした様子だった。振り向いて、珠世と、その手のリボンをかけた包みを見ると、少しホッとした様子。

「何か？」

「増田さんの……ファンなんです。これ……よかったら受け取ってください」

自分でもみっともないと思うくらい、声が震えている。でも、何とか言えた。いざとなったら、何も言えないんじゃないかしら、と思っていたのだ。

しかし、増田史郎は、さし出された包みを、受け取ろうとはしなかった。

「いや……。悪いけどね。そういうもの、受け取っちゃいけない、と言われてるんだ」

と、史郎は少し申し訳なさそうに、

「ありがとう。気持ちだけで充分だよ」

「でも──一生懸命作ったんです。捨ててもらっても構いませんから」

「もったいないよ。誰かにあげて。じゃ、これで」

史郎は、足早に行ってしまう。

珠世は、その長身の後ろ姿を、じっと見送っていた。──急速に、頰の熱さが消えていく。風の冷たさが、オーバーを突き抜けて肌を刺す。

珠世は凍りついた。体の芯《しん》まで。

そして、史郎が見えなくなっても、いつまでも、立ちすくんでいた……。

「──ただいま」

珠世は、玄関を上がって、台所の母のほうへ声をかけた。

「遅かったのね。何かあったの？」

と母がやってくる。

「ちょっとクラブ……。頭が痛いの」

「あら。少し顔色が悪いわね。風邪《かぜ》ひいたの？」

「分かんないけど、寝るわ。晩ご飯いらない」

珠世は、階段を駆け上がった。

「何もいらないの？　スープぐらい……」

と、母の声が追いかけてくる。

「今はいい！」

と、答えておいて、珠世は自分の部屋に入った。

ひとりっ子の珠世は、小さい頃から自分の部屋をもらっていた。もともと、内気で外へ出たがらない子供だった珠世にとっては、好都合でもあったし、また、おとなしい子供だったので、両親も珠世の生活にあまり口は出さなかったのである……。

明かりを点《つ》けると、鞄を机の上に置いて、珠世は、セーラー服のまま、ベッドに寝転がった。

しわになっちゃう、と思いつつ、動く気にもなれない。——深い失望が、胸の奥で血をふくようだった。

たぶん……増田史郎は、あんまりたくさんの女の子からチョコレートをもらって閉口《へいこう》していたのだろう。それとも本当に、サッカーチームの監督あたりから、もらわないように、と言われていたのかもしれない。

でも——どうして分かってくれないんだろう！　私は、「義理チョコ」だの何だのって、何十個ものチョコレートを配って歩くような、そんな女の子とは違うんだ！

私のチョコレートは、本当に恋しい人だけにあげるために用意し、大事に包んだものなのに……。せめて、受け取ってさえくれたら——。それだけで、幸せだったのに。

涙も出ない。珠世の中に、ポカッと大きな穴があいたようだった。

チョコレートを差し出し、断られた時のことを思い出すと、カッと頰が熱くなる。恥ずかしさなのか、悔《くや》しさなのか、自分でもよく分からなかった……。

珠世は、やがて起き上がると、セーラー服を脱いで、着替えた。

机に向かうと、ゆっくりとリボンをとき、包みを開ける。——柔らかい紙で何重《なんじゅう》にもくるんだ、チョコレート。

それは、どこかの少女雑誌にのっていたのを見ながら、必死の思いで作った、史郎の人形だった。

チョコレートの塊《かたまり》を溶《と》かし、型に入れて、固めて……。失敗して、四つも造り直したあげく、やっと出来上がったのが、これだ。

ちゃんと、史郎らしく足が長くて、サッカーボールを手に持って、という格好で、もちろん彫刻家並みってわけにはいかないものの、珠世としては満足のいく出来だった。

できそこなった分のチョコレートを食べすぎて鼻血を出してしまったり……。

でも、結局は何にもならなかったのだ。

馬鹿だわ、あんたは。本当に馬鹿！

珠世の目から、初めて涙がこぼれてきた。

「――珠世、大丈夫なの？」

と、母の声がした。

「うん、大丈夫」

と、珠世は答えて、涙を拭《ふ》くと、

「何か食べようかな」

と、立ち上がる。

「じゃ、すぐ食べられるわよ」

「うん」

かえって明るくふるまいたがるのが、珠世らしいところかもしれない。

珠世はチョコレートの史郎の人形をポンと机の上に投げ出して、部屋を出た。

人形の右腕が、投げ出された拍子《ひょうし》に、ポキッと折れていた。

代理デート

「お父さん、まだ？」

と、エリカは自分の部屋を出て、ダイニングルームへやってきた。

「さっき電話があったわ。もう帰るでしょ。エリカさん、このお鍋《なべ》、テーブルに運んでくれる？」

と、涼子《りょうこ》が言った。

「あ、はいはい」

「虎《とら》ちゃんが引っくり返したりするといけないから、見ててね」

「うん」

「新聞、取ってきてくれる？」

「——うん」

そんなにいろいろやれるか！

エリカは仕方なく、幼い弟の虎ノ介《とらのすけ》を抱っこして、玄関へと新聞を取りに出た。

「あんたのお父さん、無事だといいね」

と、エリカは虎ちゃんに言った。

「ワァ」

虎ちゃんは、元気いっぱいに両手を振り回している。歩きたくって仕方ないのだ。

「はい、分かったわよ。でも、だめ！　新聞はあげない！」

と、エリカは言った。

何しろ虎ちゃんは新聞をビリビリ破るのが大好き、ときている。せめて私が読んでからにしてくれないとね……。

エリカが心配しているのは、今日がバレンタインデーだからである。

ご承知の通り、エリカの父、フォン・クロロックは由緒《ゆいしょ》正しい吸血鬼。エリカはクロロックと日本人の母親の間に生まれた美少女である（当人の強い希望により、「美」の字を入れる）。

涼子は、長いことやもめだったクロロックが惚《ほ》れ込んだ後妻だが、何しろエリカよりひとつ年下という若さ。ふたつになる虎ノ介も生まれて、夫婦の間はいたってうまくいっている。

しかし、若いだけに涼子はえらくやきもちやきなのだ。クロロックは吸血鬼として、人間離れした力をいろいろ持っているのだが、この若い奥さんにはかなわないのである。

さて、どうしてバレンタインデーだからといって、エリカが心配しているのか、というと……。

クロロックは現在、〈クロロック商会〉という会社の雇《やと》われ社長をつとめている。当然、中小企業とはいえ、女子社員もいて、バレンタインデーには、社長のクロロックのところに、「義理チョコ」がいくつか届けられるだろうと思われる。

もちろん、クロロックは愛妻家であるし、他の女の子には目もくれない――かどうかはともかく、いくつチョコレートをもらっても、別に「本気のチョコ」はないだろうが……。涼子がえらいやきもちやきなのが問題なのである。

たくさんもらった、などとクロロックがしまらない顔で帰ってきたりしたら、ひと波《は》瀾《らん》くるのは目に見えている。

「――先に食べちゃいましょうよ」

と、ダイニングに戻ると、涼子が料理を並べている。

エリカが、虎ちゃんの攻撃から身をかわしつつ、新聞をめくっていると、玄関でクロロックの声がした。

「帰ったぞ！　――おい、手伝ってくれ！」

「お父さんだ」

と、エリカは出ていって――目を丸くした。

クロロックが両手いっぱいに、巨大な包みをかかえているのだ。

「何よ、これ？」

「チョコレートだ！　我が社の女の子たちがまとめてひとつのチョコレートにしたとかで……。馬鹿でかいのだ」

「呆《あき》れた！」

居間へ運び込むと、涼子もやってきて、

「こんなの見たことないわ」

と、呆れている。

「まあ……日ごろの行いがいいと、どっしりした信頼を得られるのだな」

と、クロロックは汗を拭《ふ》いている。

「では、ちょっと顔を洗ってくる。すぐ飯《めし》か？」

「ええ」

涼子は割と平然としている。エリカは、

「やかないの、お母さん？」

と、訊《き》いてやった。

「やくわけないでしょ。このチョコレート、お父さんが自分で頼んだんだから」

「お父さんが？　自分あてに？」

「男って、見栄《みえ》っ張りなのね」

と、涼子は笑って、

「さ、虎ちゃん。あんたはチョコレートなんて食べちゃだめよ。虫歯になるからね」

——こりゃ、お父さんもすっかり見抜かれてるわ。エリカは苦笑した。

それにしても、吸血鬼が虫歯になって、牙《きば》を抜かれたとかいう話は聞いたことがないけど、甘いものはあんまり食べないのかな。

「——どうだ、エリカ」

と、クロロックはニヤニヤしながら戻ってきて、

「社員たちの間における私への信頼は——」

「分かったから、ご飯食べよ」

と、エリカは父の肩を叩いた。

ま、考えてみりゃ、こんなおじさんに、本気で「愛のチョコレート」をあげようって女の子は、そういないだろう(作者のところにも、全然来なかった……)。

「——ほれ、虎ちゃん! おまえも大きくなったら、きっと女の子にもてて大変だぞ」

「変なこと教えないで」

と、涼子がご飯をよそう。

食べ始めると、すぐに玄関のチャイムがあわただしく何回も鳴った。

「もしかしたら、みどりと千代子《ちよこ》かも」

と、エリカは立ち上がった。

もちろん、エリカと同様、N大の二年生、橋口《はしぐち》みどり、大月《おおつき》千代子のふたりのことである。

「今日もしかしたら寄るって言ってたから……。はあい」

と、エリカが玄関のドアを開ける。

「エリカ！　大変なの」

と、目の前に立っていたのは、やはりみどり。

「どうかしたの？」

「下へ来て！　あ、おじさん」

と、みどりはクロロックが出てきたのを見て、

「こんにちは。バレンタインデー、おめでとうございます」

と、ハート型のチョコレートを差し出す。

「こりゃどうも！」

「そんなことより、何なのよ？」

「あ、そうだ。下で増田《ますだ》君が倒れてるの。何とかしてあげて！」

「増田君？　――ま、いいや。お父さんも手を貸して」

「いいとも。来年もチョコレートをくれるかもしれんからな」

「来年のこと、今から言わないの！」

下のロビーへ下りていく間に、みどりの説明したところによると、「増田君」というのはN大のサッカー部の一年生。

「ああ、あの人気者ね？　高校生なんかがキャーキャー言ってる」

「そう。で、その増田君がね、今夜の千代子のデートの相手なの」

「ええ？　じゃ千代子、その子に——」

「でもね、代理なの」

「代理って？」

「増田君の父親ってね、大きな会社の社長なの。で、男の子は史郎《しろう》君って——つまり増田君のことだけど——彼ひとりなので、あれこれうるさいらしいのよ」

「それと千代子とどういう関係があるの？」

エリカたちがマンションのロビーへ下りていくと、

「エリカ！」

と、千代子が手を振って、

「ここよ！　ちょっと——どうしたのか、さっぱり分かんないの」

エリカも、顔ぐらいは知っている、増田史郎が、ロビーのソファに横になって、ひどく痛がっている様子だ。

そして、冷や汗をかいて、青ざめている増田史郎に劣《おと》らず、青くなって寄り添っているのは、何となく見憶えのある感じの女の子だった。

「――どうしたのかな？」

とクロロックが近寄って、訊く。

「右腕が……」

と史郎が呻《うめ》くように言った。

「突然、火がついたように痛みだして……」

「ふむ。――見せてごらん」

クロロックは、史郎の服を引き裂いた。

「――どうやら骨が折れとるな」

と、クロロックは一目見て言った。

「何かにぶつけるか、それとも無理な姿勢でもとったのか？」

「いいえ」

と、その女の子が言った。

「ただ歩いてたんです。本当です。何もぶつからないし、誰も触《さわ》りもしませんでした。それなのに突然――」

「確かにそうだ。あざもないし、傷もないな」

「ともかく、病院に運びましょ」

と、エリカは言った。

「今、救急車を呼ぶわ」

「待て」

とクロロックは体を起こして、

「救急車というのは揺れるのだ。この近くの病院なら、私が運んだほうが痛みは少ない」

「お願いします！」

と、目に涙をためて、女の子が言った。

「ああ、あなた――」

エリカは、やっと思い当たった。

「大学の事務室にいる人ね！」

「じゃ、千代子とデートしてることになってるわけ？」

と、エリカは訊いた。

「そうなのよ」

千代子は肯《うなず》いて、

「妙よね。別にうちだって名門ってわけじゃないのにさ」

「迷うほうの『迷門《めいもん》』」

と、みどりが茶化《ちゃか》す。

「冗談言ってる場合じゃないでしょ」

と、エリカはみどりをにらんだ。

「ともかく、あの子に頼まれちゃって、いやとも言えなくってね」

と、千代子は言った。

おっとりしてお人好《よ》し（その点はこの三人組に共通している）の千代子のことだ。ぜひ、と頼まれたら、断り切れないだろう。

増田史郎の「本物の」ガールフレンドは、入江朋子《いりえともこ》という名だった。いつもエリカたちは大学の事務室で働いているのを見かけていたが、名前までは知らないのである。

「でも、いい子なのよ、とっても」

と、千代子が言った。

「増田君の相手にゃぴったりだ」

と、みどりが肯く。

「ね、そうでしょ？　私も、そう思った。キャーキャー言って追いかけてるだけの子じゃない、ってところがいいじゃないの」

入江朋子は史郎について、診察室の中に入っている。クロロックは、ここまで史郎を運んできたのだが、廊下《ろうか》に立って、ひとり、何やら考え込んでいる。

「――お父さん、何を黙り込んでるの？」

と、エリカが訊いた。

「うむ。――ちょっとな」

「分かった。お腹空《なかす》いたんでしょ、夕ご飯の途中だったから」

「何を言うか」

と、クロロックは心外《しんがい》という様子で、

「ま、少しはそれもあるが」

「じゃ、他にも？」

「あの骨折だ。少し妙だと思わんか。外傷もあざも何もない」

「でも、あの人、サッカー部よ。知らないうちに、どこかにぶつけてたとか、そんなことよくあるじゃない」

「それでも、突然痛みだす、というのはおかしい。それに……どうも気になる」

と、クロロックは首をかしげていたが、

「ま、少し気をつけておいたほうがいいかもしれんな」

「何かありそうなの？」

「どうも、あの若者の体全体から、生気《せいき》が感じられない。誰かが生気を奪っているような感じだ」

「まさか……」

エリカは、診察室から、腕を吊《つ》った史郎と入江朋子が出てくるのを見て、

「今の話――」

「あのふたりには、まだ黙っとけ。無用な心配かもしれんしな」

と、クロロックは言った。

「お手数かけて、すみません」

と、入江朋子がクロロックのほうへ、礼を言いに来た。

「いやいや。若い恋人たちの応援をするのも楽しみのひとつだ」

と、クロロックも調子がいい。

「――おかしいなあ」

と、増田史郎も、クロロックに礼を言った後、首をかしげて、

「突然、バキッと折れた感じで……。何もしてなかったのに。君に殴《なぐ》られたわけでもないしな」

「何よ、いやね！　そんなこと言って」

と、入江朋子が赤くなって史郎をにらむ。

地味な印象だが、いたって真面目《まじめ》そうな、爽《さわ》やかな感じの女の子である。

「あの、僕と彼女が付き合ってること、どうか内緒にしてください」

と、史郎がエリカに言った。

「分かってるわ。サッカー部のスターですもんね」

「いや、それだけじゃなくて……」

と、史郎が言いかけて、ためらう。

「史郎さんのお父様が、私のことを聞いて、ひどく腹を立てられて……」

と、朋子が言った。

「付き合う相手は自分で決める、と言ってケンカしたんですけどね」

「でも、よくないわ。いったん、もう会いませんとお約束して、それで大月さんにお願いしたんです」

「そういうご協力なら、お安いご用よ」

と、千代子が言った。

「ともかく、頑張って。——これからどうするの？」

とエリカは訊いた。

「この腕じゃ……。今日は帰ることにしますよ」

「せっかくのバレンタインデーなのに」

と、みどりが言った。

「君、ひとつ訊きたいのだが」

と、クロロックは言った。

「誰かに恨《うら》まれている、ということはないかね？」

「僕がですか……」

「そりゃたくさん、振った女の子がいるもんね」

と、千代子がからかった。

火傷

「腕を折ったんだって？」

と増田大造《ますだだいぞう》が言った。

「うん。右腕だから不便《ふべん》だよ」

と、史郎《しろう》は左手でスープを飲みながら言った。

史郎の父、増田大造は、自分の経営する会社へ、夕方になってから出かけていく。おかげで、重役や幹部社員は、深夜までこの社長に付き合わされてしまうのである。

「気をつけろよ。おまえは大事な体なんだ」

と、増田大造は言った。

「うん。少し休んでおとなしくしてるよ」

「それがいい。——何だ？」

と、増田大造は、やってきたメイドのほうを向いた。

「史郎様のお友だちが——」

「こいつの友だち？　男か？」

「女の方です」

「女か」

増田大造が顔をしかめる。

「史郎、おまえ、まだあの娘と付き合っとるわけじゃないんだろうな」

史郎が何も言わないうちに、

「や、こんにちは」

と、入ってきたのは——エリカである。

「史郎ちゃん、どう？」

増田大造が目をむく。エリカは完全に大造のことは無視して、史郎のほうへ歩いていくと、

「はい、これがレポートの宿題。それと、今日の講義のカセット。ちゃんと聞いとくのよ」

と、史郎の前にノートやカセットテープを置いて、

「じゃ、早く良くなって出てきてね。史郎ちゃん！」

バイバイ、と手を振って、さっさと出ていく。大造は、怒るのも忘れて、呆気《あっけ》に取られているのだった……。

いかにも頑固《がんこ》おやじだわ、ありゃ。

増田家の門から出て、エリカは振り向くと、いかにも堂々として立派ではあるが、何となく人を寄せつけない雰囲気《ふんいき》の屋敷を見上げた。

父ひとり、息子ひとり、というので、つい父親もやかましく干渉《かんしょう》するのだろうが……。

エリカは、ふとひとりの男に気づいた。エリカのほうを見ていたその男は、エリカの視線をさけるようにクルッと振り向いて、足早に立ち去る。

誰だろう？　エリカは気になった。——五十がらみの、どことなくすさんだ感じの男だった。着ていたコートも、なんだかひどく古ぼけていたし。

後を尾《つ》けてみようか、と思ったとき、

「あの……」

と、声をかけられた。

振り向くと、高校生らしい女の子。セーラー服に、ボテッとしたオーバーを着て、学生鞄《かばん》をさげている。

「何か用？」

と、エリカは訊《き》いた。

「いえ……。あの——増田さんのお宅の方ですか」

と、その少女はおずおずした口調で訊く。

「私？　いえ、そうじゃないの。ただ――息子さんと同じ大学でね。けがして休んだんで、ノートとか届けに来たのよ」

少女が目を見開いて、

「本当なんですね！　じゃ、史郎さんがおけがを？」

どうやら、史郎の「女性ファン」のひとりらしい。

「ええ、昨日ね。でも入院してるわけでもないし、本人は元気よ」

と、エリカは言ったが、その少女は不安を隠せない様子で、

「あの……どこをけがしたんですか、史郎さん？」

「うん、原因がよく分からないんだけど、右腕を折っちゃったの」

「骨折ですか……」

「そう。しばらくは不便でしょうね。あなた――史郎君のファン？」

少女は、あわてたように目を伏せて、

「いえ、あの――失礼します」

と、行きかけた。

その時だった。屋敷の中から、

「ワーッ！」

と、叫び声が聞こえたのだ。

「今の声……史郎君だ！」

エリカは、屋敷の中へ駆け戻った。高校生の少女も足を止め、エリカの後からついてくる。

「――どうしたんですか！」

エリカが飛び込んでいくと、ダイニングルームの床に、史郎が倒れて苦しげに呻《うめ》いている。

「わけが分からん！　突然叫んで……」

と、大造がかがみ込んで、

「おい！　しっかりしろ！　どうしたんだ！」

「胸が……」

「胸が苦しいのか？」

「熱い……」

「熱い？」

エリカは、かがみ込んで、史郎の着ていたセーターとシャツを一気に裂いた。

「ひどい……。火傷《やけど》だわ」

エリカは首を振って、

「でも——どうして？」

「さっぱり分からん。何もしてなかった。食後にお茶を飲んでいただけだ！」

「ともかく医者へ。急いで車を出してください！」

「わ、分かった」

増田大造があわてて出ていく。

エリカは、ふと気づいて、振り返った。

あの少女が入ってきて、恐怖に怯《おび》えたような目つきで史郎を見ている。——そして、少女は駆け出していった。

「待って！　ね。——ちょっと！」

エリカは追おうとしたが、史郎を放っておくわけにはいかない。仕方なく諦《あきら》めた。

「今、車を玄関へつけさせる」

と、大造が戻ってきて言った。

「じゃ、ともかく、医者へ。——歩ける？」

「何とか……」

史郎が苦しげに喘《あえ》いでいる。

「つかまって」

エリカは、史郎を支えて歩かせながら、何か奇妙な力を感じていた。自分のものではない。史郎のものでも。

残り香《が》のように漂《ただよ》っているのは――これは誰の力なんだろう？

珠世《たまよ》は、家へ入ると、足を止め、呼吸がおさまるのを待った。

一刻も早く帰りたくもあったが、同時に帰ってくるのが怖くもあった。

もちろん……そんなことがあるわけはない。わかり切っているけど――でも――。

「珠世なの？」

と、母の声がした。

「うん」

珠世は、それ以上何も言わずに、階段をかけ上がった。

そして自分の部屋へ入ると、机の上の、チョコレートの人形を……。ない！　どこへ行ったんだろう？

珠世は、屑《くず》かごの中を覗《のぞ》き込んだりしてみたが、やはり見当たらない。

着替えもせずに、下りていくと、

「お母さん！」

と、呼んだ。

「なあに？」

台所で、母は夕食の支度《したく》。珠世は、できるだけさりげなく聞こえるように、

「机の上にあった、チョコレートの人形、知らない？」

と、訊いてみた。

「ああ。あれ、いるの？　放り出してあるから、いらないのかと思って」

と、母は言って、

「溶けちゃいけないと思って冷蔵庫へ入れてるわ。捨てるのももったいないないし、そのうち、たべるかな、と思ったのよ」

「そう……」

「取っとくのなら、自分でしまっといてね」

「うん」

冷蔵庫を開けて、珠世は、柔らかい紙でくるんだ人形を取り出した。――そう。何でもなかったんだわ。私ったら、馬鹿みたいなこと考えて。

紙を開いてみて、まだ右腕のとれたままの、史郎の人形を眺める。

「――お母さん」

「なあに？」

「これ……どうしたの？」

「何のこと？」

「人形の——胸のとこ、チョコが溶けてる」

「ああ。マッチでね。コンロに火をつけようとしたら、マッチの頭が飛んじゃったの、火がついたまま。ちょうど、それを置いてたところまで飛んで、胸のとこに落っこちたのよ。でも、あんた、よくそんなに上手に作ったわね。あんたがそんなに器用だなんて……。珠世。どうしたの？」

珠世は真っ青になっていた。

「何でもない」

「でも……」

「何でもないの！」

珠世は人形をかかえたまま、二階の自分の部屋へと一気に駆けていった……。


「あら」

エリカは、増田邸の門を出たところで、足を止めた。

「あなた、昨日の——」

「どうも……」

と、その少女は言った。

「史郎さん、どうですか」

「胸の火傷がね……。命にかかわるってことはないけど、しばらく安静だって」

「そうですか」

と少女が目を伏せる。

「ね、あなた、名前は？」

「松本《まつもと》珠世です」

「私、エリカ。神代《かみしろ》エリカ。ちょっと話がしたいんだけど」

「私もです」

と、松本珠世は言って、エリカを、哀《かな》しげな目で見ると、

「私のせいなんです。史郎さんの、骨折も火傷も……」

エリカは、珠世の肩を、軽く抱くようにして、

「行きましょ。うちの父はね、打ち明け話を聞く名人なの」

「ええ……」

ふたりは歩きだした。

エリカは、沈み込んだその少女に気を取られていたので、間をあけてついてくる人影に気づかなかった……。

逃げた人形

「そんなことって、あるの？」

と、目を丸くしているのは、涼子《りようこ》である。

「ワァ」

と、虎《とら》ちゃんも驚いて――いるわけないか。

「よく、聞くじゃない。ブードゥー教とかで、人形に呪《のろ》いをかけて……」

と、エリカが言うと、

「私、呪いなんて！」

と、珠世《たまよ》が言った。

「呪いなんて……。あの人に憧《あこが》れ、何とか私のことを知ってもらおうとして、人形を作ったんです。それは……受け取ってもらえなかった時はショックでしたけど、だからって恨《うら》んだりしてません」

「よく分かる」

と、クロロックは肯《うなず》いて、

「もし、恨んどって、どうなってもいいと思うのなら、こんな話をしに来んだろうからな」

「じゃあ、いったい何なのかしら？」

と、エリカは不思議そうに言った。

「珠世君といったな」

「はい」

「君は、前にも何か自分に、普通の人間にはない力があると感じたことがあるのだな？でなければ、チョコレートの人形の腕が取れたのと、現実の人間の腕が折れたのと、つなげて考えたりせんだろう」

「ええ」

珠世は、涼子が出してくれたレモンティーをゆっくりと飲んで、

「小さいころから……。いつもじゃないんです。時々。本当に時たまなんですけど、〈念《ねん》力《りき》〉っていうのか、離れたところにあるものを動かしたりできることがあったんです」

「なるほど」

「赤ん坊の時、ベビーサークルの中に入ってるのに、いつの間にか、遠くにあったオモチャを持って遊んでたりした、と母から聞いたことがあります」

「自分で意識して使ったことは？」

「ありません。だって——もし他の人に知られたら、気味悪がられるだけです。それに、見せて自慢しようとしたって、必ずできるとは限らないんです」

「すると、今回のような例は？」

「ありません。——ただ、ここのところ、何だか気分が……」

「薬でものむ？」

と、涼子が訊《き》く。

「いえ、そういうことじゃなくて……。いつも、〈その力〉を自分が使える、っていう時には、気分がこう……スーッと高いところへ舞い上がったような気持ちになるんです。それが……史郎《しろう》さんに憧れるようになって、ここのとこ、ずっとそんな気分なんです」

「それが恋というものだ」

と、クロロックが分かったような口をきく。

「すると、君のその特殊な能力が、恋のおかげで、フルに発揮《はっき》されてしまったと考えてよさそうだな」

「やっぱり私のせいなんですね」

と、珠世がうつむいた。

「君のせいとは言えん。悪意があってやったことではないのだからな。それだけ君が情熱をこめて、その人形を作った、ということだよ」

「どうしたらいいんでしょう?」

と、珠世はクロロックを、じっと見つめた。

「その人形、私が預かろう」

「あなたが?」

「そうだ。私がその人形を、害のないものに戻してあげる」

エリカは聞いていてびっくりした。そんなことができるなんて、聞いたことない!

しかし、珠世は、安心した様子で、

「良かった! じゃ、持ってきますから。お願いします」

と、頭を下げる。

「いや、これから取りに行こう。エリカ、おまえも来るか」

「いいけど……。じゃ、珠世さん、ちょっと待っててね」

エリカは、父を引っ張って奥へ入っていくと、

「お父さん、何のつもり? エクソシストじゃあるまいし、人形を無害なものに戻す、なんてこと、できるの?」

「いや、できん」

と、クロロックはあっさりと言った。

「それじゃ——」

「人形を持ってきて、絶対壊れんようにしまっておけば、それであの娘は安心するんだ。そのうち、恋心もさめ、成長すれば、人形は自然と、ただのチョコレートになる」

「それなら、あの子のところに置いといたって同じじゃない」

「そうではない。いいか、あの娘は、人形にそこまで願いを込められるのだぞ。その何とかいう男を、自分が傷つけたと知って、ただでさえ落ち込んでいる。早く忘れさせなくてはならんのだ」

エリカにも、分かった。

「そうか。——自分を責め始めるわね」

「その通り。後悔の気持ちが昂《こう》じて、自分に害を加えてしまわないとも限らん。忘れさせるためには、手もとに人形があってはならんのだ」

「ふーん」

エリカは感心した様子で、

「お父さんも、ちっとはものを考えてるのね」

「由緒《ゆいしょ》正しい吸血鬼に向かって、何を言うか」

と、クロロックは顔をしかめた。

ともかく——こういう成り行きで、エリカとクロロックは、少し落ちつきを取り戻した様子の珠世と連れ立って、マンションを出たが……。

「ん？」

玄関を出たところで、クロロックは鼻をヒクヒクと動かし、

「誰かがここにいたな」

と、言った。

「この階の人でしょ。大勢いるじゃないの」

「いや、単に通りかかったのとは違う。ここの空気が、あたたまっている。しばらく、この玄関の前に誰かが立っていたのだ」

「でも――どうして？」

「分からんが……。ちょっと気になるな。ともかく行こう」

珠世は、クロロックの言葉に面食らっている様子だった……。

マンションを出ようとすると、ちょうどやってきたのが、入江朋子《いりえともこ》だった。

「あ、エリカさん」

と、朋子は紙袋を手にさげて、

「史郎さんに会えました？」

「え？　――ええ、会ったけど」

エリカは珠世のほうを気にしながら言った。

「史郎さん、どうですか、具合?」

「うん、まあ……大丈夫よ」

「私のこと、何か言ってましたか」

「ちょっと、近くに人がいたから」

「そうですか……。明日、行かれる時に、これ、渡してあげてくれませんか」

と、紙袋をエリカに渡して、

「私の作ったお菓子と、それから史郎さんの好きな作家の新刊です。ずっと寝ていると退屈《たいくつ》だろうし」

珠世は、じっと表情をこわばらせて、朋子を見ていた。もちろん、史郎と朋子がどういう仲か、いやでも分かってしまうだろう。

「じゃ、史郎さんに大事にしてね、と伝えてください」

「分かったわ」

と、エリカは肯いた。

「じゃあ……。仕事に戻らないと」

入江朋子は、足早に立ち去った。

珠世は、彼女の後ろ姿をじっと見送っていたが、

「あの人が史郎さんの恋人なんですか」

と、呟《つぶや》くように言った。

「ええ……。父親に反対されてて、大っぴらに会えないのよ」

「史郎さんも、あの女《ひと》のこと、好きなんですね。本気で」

「たぶん、ね」

エリカは、そう言うしかなかった。

珠世はキュッと唇《くちびる》をかんで、うつむいたきり、黙り込んでしまった……。


「――ここが家《うち》です」

と、珠世は言って、玄関のドアを開けた。

「お母さん。――ただいま。お母さん」

上がって、台所を覗《のぞ》いた珠世が、

「お母さん！」

と、声を上げた。

クロロックとエリカが急いで飛び込んでみると、珠世の母親が台所の床に倒れている。

「お母さん！　しっかりして！」

クロロックが、珠世へ、

「どれ。――私に見せなさい」

と、代わってそのそばへかがみ込む。

「大丈夫。気絶しているだけだな。——ヤッ！」

クロロックが、ちょっとエネルギーを注ぎ込むと、珠世の母親が目を開けて、

「あら……。お父さん、いつから口ひげなんか生やしたの？」

「お母さん！　しっかりしてよ」

「珠世……。ああ、びっくりした」

「びっくりしたのはこっちよ。いったいどうしたの？」

「それがね……強盗が入ったの」

「強盗？」

「そうよ。刃物《はもの》を突きつけられて、もう殺されるかと思った」

と、胸に手を当てる。

「でも、けがはしてないようよ」

「そう？　良かったわ……。怖くて気を失っちゃったの」

「立てる？　——ほら、座って。でも、こんな明るいうちに強盗なんて！」

「そう……。それもね、妙な強盗なの」

と、珠世の母は首を振った。

「妙な、って？」

「お金なんかいらない、って言うのよ」

「じゃ——何をとってったの？」

「それがね……。あんたの作った、チョコレートの人形」

「何ですって！」

珠世は仰天《ぎようてん》した。

「で、お母さん——渡したの？」

「だって……チョコレートの人形ひとつで、殺されずにすむんだからね」

珠世がエリカたちのほうを見る。

「これはどうも、悪い予感が当たってしまったらしい」

「何のこと？」

「さっき玄関の前に立っていた誰かが、先回りして、人形を持ち去ったんだ。つまり、あの玄関で、我々の話を盗み聞きしていたということになる」

「じゃ……何のために、あの人形を？」

「それは分からん」

クロロックは難しい顔で、

「腹が減っては戦《いくさ》ができぬ、とも言う」

と、率直《そつちよく》な意見（？）を述べたのである……。

長い恨み

「失礼」

と、増田《ますだ》邸の玄関のドアが開くと、クロロックは言った。

「ご主人はおいでかな?」

「ただいまご入浴中でございますが、どなた様で」

と、メイドが不審《ふしん》げな様子で、クロロックと、それについてきたエリカたちを見る。

「では、ちょっと上がって待たせてもらおう」

「あの——困ります。勝手に入られては」

「そうか?」

クロロックがそのメイドの目をジロッと見つめると——。

「あ、いえ……。どうぞお上がりください」

と、コロッと態度が変わる。

「では、失礼して……」

「どうぞ、どうぞ。もうどなたでもご自由にお入りください」

と、やや行きすぎの感もあった。

「——例の息子の部屋は？」

「二階よ」

と、エリカが言って、先に立って階段を上がる。

史郎《しろう》の部屋へゾロゾロと入っていくと、

「どうしたの？」

と、史郎がベッドで目を丸くしている。

そして、エリカの後ろからおずおずと入ってきた入江朋子《いりえともこ》の姿を見て、

「朋子！　君——」

「ごめんなさい。心配で心配で……」

「いいんだ。来てくれて嬉しいよ。親父《おやじ》なんか怒ったって、構うもんか！」

朋子がベッドに近寄ると、そっと史郎の額《ひたい》にキスした。クロロックが咳払《せきばら》いして、

「私は、このエリカの父親だが……」

「あ、やっぱり。見るからに変わってる、っていつもうかがってたんで、すぐそうじゃないかな、と思いました」

「エリカ。おまえ、いつも、自分の父親のことをどう言っとるんだ？」

「そんなこと、今はどうでもいいでしょ。――ね、増田君、体のほう、その後は何ともない?」

「これ以上なくていいです」

と、史郎はため息をついた。

「きっと悪魔にでも魅入《みい》られたんだ」

「私のせいなんです……」

と、うなだれて言ったのは珠世《たまよ》である。

「君……。ああ、チョコレートをくれようとした子だね」

と、史郎が気づいて、

「どうしたんだい、泣いたりして」

「実は大変なことになったのよ」

と、エリカが言いかけた時、

「ここで何をしとる!」

と、怒鳴る声がした。

「お父さん――」

増田大造《だいぞう》が、バスローブを着て、湯上がりのせいで、頭から本当に湯気《ゆげ》を立てながら、入ってきたのである。

「その娘だな！　付き合ってはいかんと申し渡したぞ」

「お父さん、僕はこの子が好きなんだ」

「うるさい！　――とっとと出ていけ！　そこの風呂敷《ふろしき》みたいなもんを着た、いかれたのもだ」

クロロック、カチンときて、

「このマントは由緒《ゆいしょ》ある品なのだ」

と、胸を張った。

「二十四回のローンで買った、高級品だぞ」

「お父さん！」

「いや、そちらは、客の前にそういう格好で現れて平気なのかな？」

「この格好のどこが悪い！」

と、大造がやり返す。

「前がだらしなく開いているのは、みっともない」

と、クロロックが言ったとたん、大造のバスローブの腰紐《こしひも》がとけて、ローブの前が開いてしまい、大造はあわててかき合わせた。

「ともかく、話を聞いてもらおう」

と、クロロックは言った……。

「——馬鹿らしい！」

大造は高笑いして、

「そんなマンガのような話を、信じろと言うのかね？」

「しかし、原因不明の骨折、火傷《やけど》を負ったのは事実だ」

「何か原因はあるさ。この世の中のことには、すべて原因がある」

「だから、我々もそれが知りたくて、やってきたというわけだ」

「そんな下《くだ》らん話で、いくら巻き上げるつもりだ？　ゆすりたかりに甘い顔は見せん主義だ」

と、大造は強気《つよき》である。

「それは結構。しかし、その人形を手に入れた人間が——」

クロロックが言いかけると、部屋の電話が鳴った。大造が受話器を取る。

「何だ？——誰かな？」「——よし、つなげ」

大造は、チラッとクロロックを見て、

「名前を言わん、妙な電話だそうだ」

「怪《あや》しいな」

「外部スピーカーにしよう。——増田大造だが、そっちは？」

しばらく、向こうは黙っていた。それから、低い笑い声が聞こえて、

「俺の声なんか、憶《おぼ》えちゃいないだろうね」

と、あまり表情のない声が聞こえた。

「何だと？」

「あんたのおかげで、浮浪者同然の身になった、かつての仲間さ」

大造の表情がこわばった。

「おまえ――山崎《やまざき》か？」

「そんな名の時もあったっけな」

「何の用だ？」

「おまえに買ってほしいものがある」

「何のことだ」

「可愛《かわい》い息子の命さ」

大造は、ベッドの史郎のほうへ目をやった。

「息子はここにいるんだ。何を馬鹿なことを――」

「俺の手もとにゃ、おまえの息子の人形がある。ためしてみるかい？」

「人形が何だっていうんだ？」

「今、俺は針を持ってる。こいつを人形の左腕へ突き刺してやる。――どうかな？」

突然、史郎が、

「アッ！」

と声を上げて飛び上がった。

「史郎さん！」

「見て！」

と、エリカが叫んだ。

史郎の左腕から、血が流れ出している。

大造は、目を飛び出さんばかりに見開いて、呆然《ぼうぜん》と、息子の苦しむ様子を見ていた。

「——どうだ？　次はどこを刺してやろうか？」

と、その山崎という男は笑った。

「待て！　やめてくれ！」

と、大造は叫ぶように言った。

「俺は、この人形の首をへし折ることもできるんだぜ。さぞ面白いだろうな」

「なあ、頼む！　何でも言う通りにする！　お願いだから、やめてくれ！」

「何でもか？」

「何でもだ。金か？　いくらほしい？」

山崎は、フフ、と笑って、

「金も、出してもらう。しかしな、それだけじゃ俺の気がすまねえな」

「何だ？　おまえの望みは？」

「おまえが社長をやめることさ」

「何だと？」

「そして、世間に公表するんだ。七年前の真相をな」

「山崎――」

「分かったか。明日までに、それをやらなかったら、次は息子の足をへし折るぜ」

プツッと電話は切れた。

「早く手当てを！」

と、エリカが駆け寄る。

「ああ！　どうしよう！」

珠世がうずくまって泣きだした。

「山崎は、かつて、会社の共同経営者だった」

と、大造が言った。

「しかし……ふたりの王は並び立たない。私は、ありもしない政治家へのワイロ事件をでっちあげ、山崎が逮捕されるように、工作《こうさく》して、辞職させたんだ」

「何てことを……」

　と、史郎がため息をついた。

「確かに、悪いことをした。――しかし、会社のためだと思った。不景気で、ふたりで話し合って妥協《だきょう》しながらやっていく余裕はなかったんだ」

　と、大造は苦しげに言った。

「その山崎って人を捜すのよ」

　と、エリカが言った。

「家は？」

「山崎は……姿を消してしまったんだ。事件で、マスコミに追い回され、夜逃げ同然……。それだけじゃなかった」

「何かあったんですか？」

「山崎の女房は――川へ身を投げた」

　史郎が、目を閉じた。大造は、固く両手を握り合わせ、

「命は取り止めたが、廃人《はいじん》同様になって……。それからどうなったか、私も知らん。娘がいたが……。あれ以来、何も聞いていない」

　クロロックは、じっと腕組みをして聞いていたが、

「あんたのやったことには弁解の余地《よち》がないな。しかし、息子の命は別だ」

「なんとか――助けてやってくれ！」

「といってもな……。私の力では、電話の向こうの場所までは、突き止められん」

「まず、向こうの要求通りにすることだわ」

と、エリカが言った。

「増田さん、それは実行しますね」

「やるとも！――すぐ秘書を呼んで、新聞、ＴＶに発表させる。辞表も出す」

大造は、立ち上がって史郎の部屋を出ていった……。

「困ったわね」

と、エリカは言った。

「お父さん、なんとかできないの？」

「うむ。――ここは、私の豊富な人生経験がものを言う」

「何、格好つけてんの」

珠世が、すっかり沈み込んだ様子で、

「私があんなもの作るから……。代わりに私の腕が折れたらいいのに」

と、言った。

「何言ってるんだ」

と、ベッドから、史郎が声をかけた。

「君のせいじゃない。もとは親父が悪かったんだ」

「でも――」

「山崎って人も可哀《かわい》そうに。僕だったら、とっくに人形をバラバラにしてるな」

「史郎さん！　そんなこと言わないで！」

朋子が、泣きだしそうな顔で言った。

「うん……。まあ、痛い思いするのは辛《つら》いけどね。だけど、どうしようもないじゃないか」

朋子が、不思議に厳しい顔つきになると、

「そんなことないわ」

と、言った。

「史郎さんのこと、殺させたりしない。私、必ずあなたを守ってみせる」

「朋子……」

「待っててね」

朋子は、史郎の上にかがみ込んでそっとキスすると、エリカたちのほうへとやってきて、

「一緒に来ていただけますか」

と、言った。

「いいとも。若い娘に付き合うのは、年上の人間の義務だ」

「いちいち、しつこいの！」

と、エリカは父親をつついてやった。

――クロロックたちは、増田邸を出て、足を止めた。

「どこへ行くんですか？」

と、珠世が当惑《とうわく》顔で訊《き》く。

「私の父のところ」

と、朋子は言った。

「あんたは、山崎という男の娘だな」

と、クロロックが、驚いた様子もなく、言った。

「はい。――入江は母の実家の姓なんです」

と、朋子は肯《うなず》いて、

「母の面倒をみながら、増田さんに仕返ししてやりたい、と……。あの大学の事務室に勤めたのも、史郎さんに近づくためでした」

「だが、今はあの男を本当に愛しとるのだな」

「そうです……。まさか父があんなことをするなんて！　――ずっと父とは別々の生活ですけど、たぶん、住んでるところは分かります」

「よし。早速行こう。手遅れにならんうちに」

と、クロロックが促した。

「エリカ。タクシーを捕まえろ」

「はいはい」

「会社のチケットが使えるのにしろよ」

「肝心《かんじん》なところでケチしないの！」

と、エリカはにらんでやった。

風の中の人形

「どうして彼女が山崎《やまざき》の娘だって分かったの？」

タクシーの中でエリカはそっと父に訊《き》いた。

「声が似とる」

「そう？」

「私の耳には、よく聞き分けられるのだ。それに、人形を作った娘に向かって、少しも怒らないのも妙だと思った。普通なら、当然怒るだろう。——何かよほどの事情を抱《かか》えているると見るべきだ」

「なるほどね」

と、エリカは肯《うなず》いた。

ま、父にも多少は人を見る目があるらしい……。

タクシーが着いたのは、ごくありふれたマンションの前だった。

「ここの一番上の階に住んでると思います」

と、朋子《ともこ》はマンションを見上げて言った。

もう夜になっていた。——今ごろ、増田大造《ますだだいぞう》は新聞記者を集めて、記者会見の用意をしているだろう。

「風が強くなってきたな」

と、クロロックが、はためくマントを手で押さえて、

「虎《とら》ちゃんにかじられたのが、広がると目立つ」

「そんなの気にしないで。さ、入りましょ」

「九階です」

と、朋子は先に立ってマンションの中へ入っていく。

「浮浪者同然と言ってたわりに、ちゃんとしたところに住んでるのね」

と、エリカはエレベーターの中で言った。

「女の人に養《やしな》ってもらってるんです」

と、朋子がちょっと苦々《にがにが》しげに言った。

「もちろん、父に同情もしますけど、でも、立ち直ってやり直すことはできたはずなのに……。そんなこともあって、私は別に暮らすようになったんです」

珠世《たまよ》は、じっと黙って朋子の話を聞いていたが、

「私、恥ずかしい」

と、口を開いた。

「ただ、ポーッと憧《あこが》れただけで、こんな騒ぎになっちゃって。朋子さんみたいな人が、史郎《しろう》さんには、ふさわしいんだと思います」

「ありがとう」

朋子は、ちょっと微笑《ほほえ》んだ。

「でも――もう二度と会わないわ、きっと」

「どうしてですか？」

「やっぱり山崎の娘ですもの」

エレベーターが九階に着く。朋子がドアのひとつを叩《たた》いて、

「お父さん。――朋子よ。開けて」

と、声をかけた。

「何の用だ？」

声がしたのは、廊下《ろうか》の奥からだった。

「お父さん！」

「朋子か。何だ、いったい？」

エリカは、その男に見憶《みおぼ》えがあった。初め、増田邸へ行った帰りに見かけた、すさんだ感じの中年男だ。

「史郎さんの人形は？　私に渡して」

山崎は、ちょっと唇《くちびる》を歪《ゆが》めて笑うと、

「おまえ、奴《やつ》の息子に惚《ほ》れたんだな」

「どうして知ってるの？」

「おまえに会いに行ったのさ、この前。アパートの近くで見かけたよ。奴《やつ》とふたりで帰ってくるところをな。——初めは、おまえも仕返しのために、奴の息子に近づいたのかと思って、さすがだと思ったがな。見ていると、どうも本気らしい」

「本気よ」

と、朋子が進み出た。

「史郎さんに何の罪があるの？　さあ、人形を返して」

「母さんにも罪はないぞ」

「お母さんを言いわけに使わないで！　何もしないで、全部私に押しつけたくせに」

と、朋子は厳しく言った。

「もう手遅れだな」

と、山崎は笑った。

「何ですって？」

朋子が青ざめた。

「人形をどうしたの？」

「今ごろ、屋上《おくじょう》で風に揺られてるさ。それとも――風が強いからな。もう吹き飛ばされてバラバラになってるかもしれん」

「何てことを！」

朋子が駆け出す。エリカたちも後を追った。

屋上は、凄《すご》い風だった。

「――どこ？」

と、エリカが大声を出す。

大声でないと聞こえないのである。

「分からないわ……。もう飛んでっちゃったのかしら」

「待て」

クロロックが屋上の真ん中へ出て、周囲を見回した。暗いところでもよく見えるのが吸血族の特徴のひとつだ。

「――あれか」

クロロックの目は上へ向いていた。

「とんでもないところへぶら下げたな」

　ＴＶの共同アンテナが、五、六メートルの高さに立っている。その先に、細い紐《ひも》でくくりつけられて、右腕のとれた人形が風にあおられてクルクル振り回されていた。

「長くはもたんぞ」

　クロロックが駆けつける。

「お父さん！　どうやって外すの？」

　金属のはしごがついているので、アンテナのところまで上っていける。しかし、人形を捕まえそこなって落としたりしたら、それこそ、バラバラに砕《くだ》けてしまうだろう。

「何か、柔らかい毛布《もうふ》のようなもので、くるもう。おまえ、持ってないか？」

「どうして私が毛布なんか持って歩くのよ」

「毛糸のパンツとか――」

「けっとばすわよ！」

　エリカが、ともかく早く上って、と言いかけると――。

　突然、珠世がアンテナに向かって、細いはしごをよじ上り始めた。

「待って！　珠世さん！」

「私が作ったんです！」

と上りながら、珠世が大声で言った。

「自分で何とかします！」

「お父さん――」

「いや、あの子に任《まか》せよう」

と、クロロックはアンテナの下へ行って、じっと見守った。

珠世は、はしごを上り切って、大きな共同アンテナにつかまって、手をのばした。

しかし、人形は風にあおられ、大きく振られて容易なことでは捕まえられない。

「紐が切れそうだわ」

と、朋子が言った。

「自分でやらせたほうがいいのだ」

と、クロロックは両足を踏んばって、じっと見ている。

「あの娘も、自分の意志で、持った力をコントロールしなくてはならん。この試練も必要なのだ……」

珠世が、左手でアンテナの太い軸《じく》をつかみ精いっぱい右手をのばして、必死で人形をつかもうとしている。エリカは見ていて、気が気ではなかった。

ひときわ強い風に、人形が大きく舞い上がるように見えた。それが振り子のように戻った時、珠世が右手で人形をしっかりつかんだ。

「やった！」

と、エリカが飛び上がる。

が——手に汗をかいていたのだろう、アンテナの軸をつかんでいた左手がスルッと外れた。

「アーッ！」

叫び声とともに、人形をつかんだまま、珠世の体がアンテナ塔から落ちてきた。

クロロックが両手を広げ、素早く動いて、落ちてくる珠世をしっかりと受け止めた。

「人形——持ってます！」

と、珠世が叫んだ。

「よくやったぞ」

クロロックが、珠世を下ろしてやると、

「けっこう見かけより重いの」

と、少し低い声で言った。

「——いやだ！」

珠世が声を上げた。

「どうした？」

「しっかり握ってたら……左腕が折れてる！」

増田邸へ駆け込んだエリカたちは、玄関を入って、足を止めた。

両腕を骨折したはずの史郎が、立っていたのである。

「史郎さん!」

と、朋子が駆け寄った。

「治っちゃったんだ。腕も火傷《やけど》も。——信じられないよ」

と、史郎が両手を広げてみせる。

珠世が、安心したあまり、その場に座り込んでしまった。

「——もう大丈夫」

と、クロロックは珠世の肩を叩いて、

「その人形は、ただのチョコレートに戻ったのだ」

「はい!」

珠世は肯いて、

「もう二度とこんなもの作りません」

「やれやれ、だわ……」

と、エリカは息をついた。

「男の子に憧《あこが》れるのも青春だ。しかし、それだけが大切なのではない。——君にそれが分かったから、人形は何の害もないものに戻ったのだ」

クロロックは、手を貸して珠世を立たせた。

玄関から、増田大造《ますだだいぞう》が駆け込んできた。

「史郎！」

「お父さん、もう大丈夫だよ」

「そうか……」

大造は、何度も肯いて、

「私も……すべて話してきたぞ」

玄関のドアをゆっくり閉めた男がいる。——山崎だった。

大造が振り向いて、

「山崎か……変わったな」

と、言った。

恨《うら》みや怒りを感じさせない声だった。

「おまえだって……年齢《とし》をとりやがって」

と、山崎が言い返す。

「お互いさまだ」

「そうだな」

ふたりはしばらくじっと向かい合って立っていたが、やがてどっちからともなく、手を出し、握り合った。

「山崎……。すまない」

「いや、俺も同罪さ。その女の子が必死でおまえの息子を守ろうとするのを見ていて、恥ずかしくなった」

クロロックが、ポンと手を打って、

「さ、お互い、和《なご》やかに話し合う必要があるだろうな。ゆっくりやってくれ。——おい、エリカ、帰るぞ」

「うん。——珠世さんも？」

「帰ります」

珠世は、史郎のほうへ歩いていって、

「試合、また応援に行きます」

と、言った。

「うん。いつでも遊びにおいで」

「本当？　やった！」

珠世がピョンと飛び上がった。

「——こりゃ何だ？」

大造が、山崎を連れて居間へ入ろうとして、声を上げた。

エリカたちも居間を覗《のぞ》いて、目を丸くしてしまった。

人でいっぱい。いったい何十人いるだろう？　みんな飲んだり食べたり……。お寿司《すし》の器《うつわ》が何十も重ねてある。

「あ、旦那様《だんなさま》」

と、メイドがやってくる。

「おい——何だこの連中は？」

「はい、通りかかった方、みなさんにお入りいただいています」

「何だと？」

「いかん！」

クロロックが自分の頭をコツンと叩いた。

「催眠術をかけっ放しにしておいたんだ！」

「じゃ、ともかく丸くおさまったのね」

と、涼子《りようこ》が夕食をとりながら言った。

「そうとも。私は落ちてくるこの娘をしっかりとこの両腕に抱きかかえ——」

「お父さん、自慢してないで食べな」

と、エリカはつついた。

「楽しくていいですね」

ついでに夕食に付き合わされることになった珠世が笑いながら言った。

「ワァ！」

虎《とら》ちゃんが、めざましい勢いで食べている。

「お客さんがいると、よく食べるのよね、虎ちゃんは」

と、エリカは言った。

「特に可愛《かわい》い女の子の場合はな」

と、クロロックがニコニコしている。

「君、また何か相談ごとでもあったら、いつでも訪ねておいで」

「はい。ありがとうございます」

涼子がジロッとクロロックをにらんでから、

「珠世さん、だったわね」

「はい？」

「もうひとつ、お人形を作ってもらおうかしら、私」

「え？」

「主人の人形。夫婦喧嘩《げんか》の時は、簡単でいいじゃない。この人のいない時に、人形をチクチク針で刺したり、火であぶったりしていじめてやるの」

「おい！」

クロロックが青くなった。

「そんなに恨《うら》みをかう覚えはないぞ！」

「冗談よ」

と、涼子は笑って、それから付け加えた。

「少なくとも、今のうちは、ね」

クロロックは、ホッとしたように笑ったが、その笑顔は、いくらか引きつっているように、エリカには見えたのだった……。

解説

新《しん》保《ぼ》博《ひろ》久《ひさ》

「たしか、トーマス・マンの小説だったと思うが、昔ライオンが、まだライオンと名づけられる以前、それは悪鬼のように恐るべき超自然的存在だったものだが、ライオンと名前を与えられてしまったとたんに、人間が征服可能な、単なる野獣になってしまった、というような一節があったように憶えている」

安部《あべ》公房《こうぼう》はこのようにエッセイ「ＳＦ、この名づけがたきもの」（『Ｓ－Ｆマガジン』一九九六年二月号。新潮社『安部公房全集20』所収）を書き出しています。うまいことを言う、として一人ならぬ人から紹介されていますが、本当は孫引きしていないで、トーマス・マンの原典に当たるべきでしょう。しかしマンの全小説から当該の一節を探すのは大変ですし、もし安部氏の思い違いでマンの文章でなかったら目も当てられません。

私も横着して安部氏の記憶に寄りかかることにしますが、「ライオン」をほかの言葉に置き換えても通用するところがこの言説の優れた点といえるでしょう。たとえば相手（主に女性）の意思を無視して付きまとう「ストーカー（stalker）」に替えても当てはまります。何やら気味の悪い存在だったのが、「あれはストーカーというものなんだ」と得心するだけでも恐怖がやわらぐでしょうし、被害状況を訴えるにも、あんなことをされたこんなことをされたと説明する前に一言で通じるだけでもありがたい。

もっとも、普通に片想いをしているだけのノーマルな男性までもが、ストーカー呼ばわりされかねなかったりすると気の毒な話です。それ以上に気の毒なのは、カタカナで書くとstalkerと同じになってしまう英国の作家ブラム・ストーカー（Bram Stoker 一八四七～一九一二）ではないでしょうか。『吸血鬼ドラキュラ』（一八九七年）の作者というか、その一作のみによって記憶されています。

米国のホラー作家協会は彼の業績を称えて、年間最優秀作品に贈る賞をブラム・ストーカー賞と名づけていますが、一九八八年の第一回受賞長篇の一つが、人気作家が女性ファンに強烈なストーキングを受けるスティーヴン・キングの『ミザリー』ですから、ますます混同されかねません。この賞はほかにトマス・ハリス『羊たちの沈黙』、R・R・マキャモン『少年時代』などが受賞しております。

はい、これで『ドラキュラ』の作者名は覚えられましたね。しかし『ドラキュラ』は吸血鬼小説の元祖というわけではありません。質量ともにどっしりとした長篇で、それまでの吸血鬼伝説を集大成した点で評価されたものです。日光、十字架、ニンニクを嫌い、故郷の土を入れた棺《ひつぎ》で眠らないと不死性を保てない、またコウモリや狼あるいは犬、ときに霧に変身できるといった特性は、この小説によって共通認識に定着したと言ってもいいでしょう。

だがこの作品の成功は、何と言ってもドラキュラというネーミングのうまさに負うのではないでしょうか。これはストーカーが発明した名前ではなく、十五世紀のワラキア公国（のちにルーマニアの一部）の勇猛でサディスティックな君主ヴラド・ツェペシュ（一四三一～七六?）が奉《たてまつ》られたあだ名を吸血鬼に流用したものですが、ツェペシュに血をすする趣味があったわけではありません。ツェペシュの父親がドラゴンあるいは悪魔を意味する「ドラクル」という異名をもっており、「ドラキュラとは『ドラゴンの子』とか『悪魔の子』の意味で、父の渾名がその子に及んだもの」（仁賀克雄『ドラキュラの誕生』、一九九五年、講談社現代新書）だったのですが、そのまがまがしい響きを採用したブラム・ストーカーによって吸血鬼の代名詞にされてしまいました。

ストーカーの小説の映画化は、よく知られた作品で早い例はドイツの「吸血鬼ノスフェラトゥ」（一九二二年）ですが、原作料を払わずに済ませるためにドラキュラの名を使わずオルロック伯爵（Graf Orlok）としていました。一九三一年には米国のユニヴァーサル映画で「魔人ドラキュラ」が製作され、最初のドラキュラ・スター、ベラ・ルゴシが登場しています。その後の吸血鬼映画は枚挙に暇《いとま》がありませんが、ロマン・ポランスキー監督の「吸血鬼」（一九六七年）に触れないわけにはいきません。モダン・ホラーの原点と言われる「ローズマリーの赤ちゃん」を映画化した監督なので、ゴシック・ホラー的な吸血鬼をそのまま撮《と》るわけがなく、パロディ色の強いコメディ映画になっていますが、出てくる吸血鬼の名前がフォン・クロロック伯爵（Graf von Krolog）。これは「吸血鬼ノスフェラトゥ」のオルロック伯爵をもじったものではないでしょうか。ポランスキー映画を翻案《ほんあん》したミュージカル「ダンス オブ ヴァンパイア」でもこの名前が使われております。

本書『吸血鬼と死の天使』が九冊目になる神代《かみしろ》エリカ・シリーズで、重要な父親役——でなく本当の父親を務めるのがやはりこのフォン・クロロックで、ドラキュラでないのは、ありきたりのイメージの吸血鬼とは違うことを強調したかったように思われてなりません。

「べつに十字架を恐れなければならないわけは吸血族にはない。要するにキリスト教を権威づけるために、フィクションの中で、そうされただけなのである」（『吸血鬼はお年ごろ』第一話「永すぎた冬」）

エリカの父クロロックは、供されれば血を賞味するのにやぶさかでないものの、生きている人間の喉《のど》に食らいついて無理やり血を吸ったりはしない紳士です。嚙《か》まれた人間が吸血鬼になるということもないのに、俗説を信じる輩《やから》のおかげで故国を追われて日本に亡命、そこで日本女性と結ばれてエリカが生まれたという設定です。

エリカ自身はＤＮＡを受け継いでいても吸血鬼ではなく、走っている自動車の屋根に飛び乗ったり、相手の目を見て催眠術にかけたりする程度の能力をもつ、まあ他の赤川次郎作品で活躍する元気なヒロインたちより、いくらか秀《ひい》でた特技があるにすぎません。その代わり推理力はそれほどでなく、そちらは父クロロックが補ってくれているようです。最初の二冊ではＭ女子高三年生でしたが、三冊目の『吸血鬼よ故郷を見よ』からＮ大学へ、親友の大月千代子《おおつきちよこ》、橋口《はしぐち》みどりとトリオでともども進学、四冊目『吸血鬼のための狂騒曲』で二年生になってからは加齢することをやめたらしい（そこだけが吸血鬼っぽい……）。

父クロロックは、エリカの母なきあと永らく、やもめ暮らしをしていたところ、エリカの一年後輩だった松山涼子《まつやまりようこ》と再婚、二冊目の『吸血鬼株式会社』の第二話では早くもエリカに義弟・虎ノ介《とらのすけ》をプレゼントし（たというつもりはないだろうが、結果的に）、その表題作での功績によりクロロック商会の社長に就任、収入の心配もなくなったでしょうに、なぜかエリカにいつも小遣いをせびっています。『吸血鬼はお年ごろ』という第一作の題名、そしてシリーズ全体の名称にも使われている「お年ごろ」なのは、じつはクロロックのことなのかもしれません。この虎ノ介も、シリーズ開始から何十年たっても幼いままで、涼子もいつまでも新妻なのです。

基本設定は以上、簡単ですね（その割に説明が長かったか）。というわけで、律儀《りちぎ》にシリーズの順を追わなくても、いきなり九冊目の本書『吸血鬼と死の天使』から読みはじめても別に構いません。むしろ、最初期の作品がクロロック父娘《おやこ》がそのユニークさに比べて、普通の犯罪者たちを相手にすることが多かったのに対し、探偵役にふさわしい相手役（犯人とは限らないのですが）と切り結ぶようになってきた七、八冊目あたりからのほうが、このシリーズの本領発揮と言えるのではないでしょうか。

雑誌掲載されたのは、一貫して同じ『Cobalt』で、本書収録作品は「吸血鬼と死の天使」が一九八九年夏号（八月）、「吸血鬼は昼寝どき」が八九年十月号（この号より隔月刊になった）、「バレンタインと吸血鬼」が九〇年四月号でした。このあと九〇年八月号からはシリーズ初の長篇『湖底から来た吸血鬼』が連載されております。長篇は今のところほかに『吸血鬼と栄光の椅子』（二〇〇二年）しかないのですが。

こうして誌《しる》すと、ずいぶん昔に書かれた作品なんだなあと驚かれるでしょう。それ以上に驚くべきは、そう言われてみなければ、とてもそんな以前に書かれたとは信じられないほど、みずみずしさを保っていることです。このシリーズに限らず赤川作品すべてに当てはまることですが、現在に合わせるために字句が書きなおしたりされることがほとんどなくて済むのも（「看護婦」だったのが「看護師」と改められたりする程度）、一過性の風俗に寄りかかった展開、表現が皆無に近いからでしょう。

すべての小説は時代の産物ですから（仮に江戸時代を舞台にしていようと未来世界を

描いていようと）、この神代エリカ・シリーズにも、現在の若い読者には注釈が必要そうな箇所がまれに見つかります。たとえば一冊目『吸血鬼はお年ごろ』集英社文庫版九七ページの「ルームランナー」。これは現在でも同名の室内ランニング・マシーンが販売されていますが、一九七六年に日本ヘルスメーカーから発売されたそれは走行距離計つき体重計のようなもので、何もそんな高価な器械を買わなくても床で足踏みしていれば同じではないかとツッコミたくなるような、ちょっとお間抜けな商品でした（でもけっこうヒットした）。これを知らないと、ここのエリカとクロロックの会話のおかしさは伝わってきません。

あるいは『吸血鬼株式会社』二〇九ページ、土曜日なので学校は「半ドン」というくだり。これは日曜祭日で休日を意味するオランダ語のゾンターク（Zontag）、日本なまりで「どんたく」の半分で「半休」の意、一九八〇年代初頭はまだ土曜日が全休でなく、午前中だけ授業や仕事があったからです。そのころを思い出して、私などは懐かしくなりました（全休でなく半休というのに貴重感があったのです）が、そういう死語になった言葉もあえて削除しない、別に分からなくても現在の読者も平気、という時代を超えた普遍性が作品の基調にあればこそでしょう。そんな言葉は一冊にせいぜい一、二箇所。『吸血鬼と死の天使』でも見つけてやろうとして、一つもありませんでした。

永遠の生命をもつ吸血鬼が、赤川作品にお似合いであるのもそのせいかもしれません。

本シリーズ以外にも、赤川ワールドにはさまざまな形で吸血鬼が出没しますが、そのうち「血を吸う吸血鬼」というのも出てくるかも……あ、当たり前すぎますか？

この作品は一九九〇年六月、集英社コバルト文庫より刊行されました。

集英社文庫

吸血鬼《きゅうけつき》と死《し》の天使《てんし》

2013年7月25日　第1刷　　定価はカバーに表示してあります。

著　者　赤川次郎《あかがわじろう》
発行者　加藤　潤
発行所　株式会社　集英社
東京都千代田区一ツ橋2-5-10　〒101-8050
電話　03-3230-6095（編集）
03-3230-6393（販売）
03-3230-6080（読者係）

印　刷　凸版印刷株式会社
製　本　凸版印刷株式会社

フォーマットデザイン　アリヤマデザインストア　　マークデザイン　居山浩二

ISBN978-4-08-745093-4 C0193